ササハラユウキ
唯一別世界の知識を
持っている。
イクシア
エルフ。
ユウキの家族に。

ニシダチセ
ユウキの召喚実験に
興味を抱き……
ヨシカゲサトミ
ユウキと別クラスの
友人。
CHARACTER

CONTENTS

パラダイスシフト1

～ある意味楽園に迷い込んだようです～

藍敦

BRAVENOVEL

プロローグ

「じゃあ行ってきます！　たぶん夕方前には戻ると思います」

「はい、これお弁当です。スープもポットに入れてありますからね」

「おお……ありがとうございます！」

「ふふ、どういたしまして。では今日も一日、頑張ってきてくださいね」

まだ本格的な講義が始まったわけではなく、オリエンテーションが続く学園のカリキュラム。

だがそれでも、こんな風に言葉をかけてくれるのが嬉しくて。

あまり表情が豊かな方とは言えない『彼女』ではあるが、その微かな微笑みと優しい声色に、朝から思考に霧がかかってしまうような、甘い気持ちにさせられる。

ああ……『エルフ』だからなのか、それとも彼女だからなのだろうか。

ともあれ、彼女との日常が、これから始まる学園生活の支えになるのだろうと確信していた。

「ま、全部が全部楽しいことだらけなんだけどね、今のところは」

山から駆け下り、視線の先に広がる広大すぎる学園の敷地に向かいながら、俺は今日行われる『実戦戦闘理論』の研究室で行われる実技体験に胸を躍らせているのだった。

本当、こんな世界に来て初めはどうなるかと思っていたけど、案外なるようになるものだ。

俺は、この地球とはどこか違うどこか不思議な世界に迷い込んだ日のことを思い出す——

一章　たとえ世界が変わっても

さて、皆ゲームは好きだろうか？

格闘ゲーム、シューティング、ＲＰＧにオンラインゲーム。

その他多数のジャンルが存在するゲームだが、俺はそんなゲームが大好きだ。

具体的に言うと、学校の授業、主に化学の授業でちょっとでも炎や薬品を使われると『これはきっと闇属性だ』とか『あの炎はきっと特別な力がある』なんて妄想をしてしまうくらい。

ちょっと意味合いが違ってくるが、いわゆる『ゲーム脳』『ゲーム的思考』ってやつだ。


……さて、ここまで語っておいてなんだが、今の状況を聞いてもらいたい。

大学受験を控え、夏休みで全てが決まると言っても過言ではないと毎日繰り返し語る教師の授業を受けていたわけだが、今日に限ってはまったくそれが頭に入らない。

そもそも、授業に集中できないでいる。

別に校庭に野良犬が迷い込んできたわけでもなければ、授業中にスマホをいじっているわけでもない、純粋に授業が意味不明なのだ。何故なら――

「どうしたササハラ、この程度の問題もわからんのか？」

「あ、いやその……」

どうも、その程度の問題もわからない佐々原優木《ささはらゆうき》です。

いや、わかるんですけど！　わかりすぎて困惑しているんですけど!?

黒板に書いてある文面をもう一度見つめ直し、さらに混乱が加速する。

『四人パーティーで後衛の術師の魔力が枯渇寸前の状況で無機物系の魔物の襲撃を受けた。パーティー内には剣士一名、回復術師が一名（ただし後衛術師同様残り魔力が枯渇寸前とする）さらに狙撃手（実弾）が一人の構成である。この場合の最適行動を答えよ』

ね、おかしいでしょこれ。どんな問題だよ、ゲームかよ。

「先生、ユウキに聞いても無駄なようですし、僕が答えてもいいでしょうか？」

「いや待てってて、今答えるから」

クラスの優等生である古藤祥介《ことうしょうすけ》が挙手し、そんなことをのたもうた。

何お前、ゲームとかすんの？　全然イメージ湧かないんですけど。

「この問題はただ答えたらいいってものじゃないからな、ササハラ。大学以上からはその場の状況をいかにリアルに想像できるか、それも採点に加わってくるんだ」

「あ、はい」

クラスの人間全員、真面目くさった表情で授業を受けている。

この状況がおかしいって思っているの、俺だけなのか？

四人パーティーで後衛の術師の魔力が枯渇
パーティー内には剣士一名、回復術師が一
く狙撃手(実弾)が一人の構成である。この

「ええと……まず周囲の環境と安全地帯までの距離を考えます。例えばですが、その無機質な相手が溶岩石だったり、場所が火山だったとしたら、一番有効であろう水属性の魔術を残り魔力を使い切るつもりで放ち、そのまま押し切れるようなら撃破、無理そうならば弱点を突き隙ができている間に狙撃手を殿《しんがり》に置き、撤退しつつ弱った相手に射撃を行います」

はい、やっちゃいました。完全な妄想です。

いいよ笑えよ、どうせドッキリかなんかなんだろ、日頃からこんな話ばっかりしている俺への当てつけなんですよね？　くっそ、お前ら悪乗りしすぎだぜ。

「素晴らしい解答だ、どうしたササハラ！　先生こんな完璧な解答が出るなんて思わなかったぞ!?　確かにこの問題文なら火山地帯を想定している可能性も十分にある、こりゃ脱帽だ」

「え、マジですか？」

「マジも大マジだ。皆聞いた通りだ、これがこれから先求められる最適解だ！　皆もササハラに負けないように、目標の進路に見合った練習問題や文献に目を通すんだぞー」

どうやら俺は、なんだかおかしな世界に迷い込んだようです。

§§§

さて、意味不明な一時限目を無事に終えた俺は、日頃からゲームの話題を共有する友人たちに今の授業について尋ねてみる。内心まだドッキリか何かだと疑っているんですよこっちは。

だが、返ってきた答えは俺の疑念を打ち砕き、逆にさらなる疑問を生み出す結果となった。

『いつからあんなに頭良くなったんだ？　帰りにシミュレーター施設で勉強してるのか？』

なんぞそれ？　その聞き慣れない妙にSFチックなワードに、また随分と手の込んだ台本だなと疑いながら続きを促すと、おもむろにその友人は自分のスマートフォンを取り出した。

で、結局俺はその謎の施設のPVと思われる映像を見せられ、本格的にここが俺の今まで生きてきた世界とはどこか異なる、おかしな世界だという疑いを強めることとなった。

「なんだよこれ……ゲーセンだったはずだろあそこ……」

その映像には、まるでSF映画やアニメ、小説の題材に取り上げられるようなVR空間を縦横無尽に駆けまわり、迫力満点な戦闘を繰り広げるテレビでよく見るアイドルグループの姿。

そして極めつけのキャッチフレーズがこれだ。

『ここは、本物の戦場。集え、次代の英雄たち！』

まぁまだわかる。何かアミューズメント施設のPVだろうと納得することもできる。

が、映像の最後に『日本教育学会が推進しています』のテロップが。

いや流石《さすが》にドッキリでその名前使っちゃイカンでしょうよ。

というか今のアイドルだって俺一人のドッキリのために雇えるようなギャラしてねーでしょ。

「帰りに寄ってみようかね」

寄り道の計画を立てていると、先程授業でこちらを煽ってくれたショウスケがやってきた。

昨日まではゲームの話題を繰り広げている俺たちを、見下すような目で何かと突っかかってきていたが、今度はどんな理由で突っかかってきてくれるのでしょうかね。

が、今回は違う。今の彼もまた、このおかしな世界に順応した別人だと仮定する。

「ササハラ、少しは見直した。だがあまり調子には乗らないことだな」

「調子も何も、色々困ってるんだよこっちも」

「……何かトラブルでもあったのか？」

ちなみに、突っかかってはくるが、別に性格が悪い人間というわけではない。

学級委員長をもう何期連続で続けているかわからないくらい、周りからの評判もいい。

まぁ、俺らゲームばっかり組がいつも危機感の足りない会話を繰り返しているから、それが我慢できなかっただけなんでしょう。潔癖というか、おせっかい焼きというか。

「気にすんな。それよりみんなどこに行ったんだ？」

気が付くと、教室にいた生徒の大半が姿を消していた。

移動教室か？　けど最近は受験に関わりのない体育や音楽のような授業はないはずだ。

「何を言っている、次は戦闘術の授業だろう。さっさと行くぞ」

「……はぁ？」

§§§

ショウスケの後に続き、その戦闘術とやらが行われる場所へと向かう。

体育とは違うのかと尋ねたところ、『体育は中学校までだろう』と鼻で笑われてしまった。

あれか、算数が数学に進化する的な。

体育館があったはずの場所へ行くと、渡り廊下の先に見慣れないドーム施設が現れた。

妙に金属質な白い異質な存在。どこぞの秘密基地のようなシルエットに恐怖を覚える。

え、ヤダよ俺あんなとこ入るの。白衣着た怪しい男たちに捕まったりするんじゃないの？

だが、ショウスケは平然と重々しい両開きの扉を開け中へと向かってしまう。

ええ……おかしいってマジで。どういうことだよこれ。

「中は意外と普通……なのか？」

施設内は、なんてことはないドーム球場内のロビーのような空間が広がっているだけで、先に来ていた他のクラスメイトたちも皆そこに集まっていた。

さて、そんな既にグループを形成しつつあるこの狂った世界になんの疑問も抱かない我がクラスメイツですが、何やら興奮したように議論中の模様。どうしたのかね？

「何度も言うが、僕と君では勝負にはならない。君たちが信仰するのは概念、そんなあやふやなものでは話にならないよ。信仰、確かな信仰こそが僕たちに力を与えてくれるのだから」

「言葉を返すけどな、たとえ一人の思想から始まったとしても、それに救われ今日まであり続けた以上、それは立派な教えの一つであり、決して引けを取る――」

やだ、なんなのこの二人。宗教戦争でもおっぱじめるつもりなんですかね？

今ぶつかり合っているのは、クラスメイトの二人。こいつらは互いに教会の息子、寺の息子という生まれであり、いつも二人して『俺ら別に親の跡、継ぐつもりもないしなー』『僕も無神論者ですしねー』な具合で信仰心のかけらも持ち合わさず、同じように厳格な家庭を持つが故に意気投合した仲良しコンビだったというのに。

　そんな様子に困惑しているのは俺だけで、周囲は『いつものやつか』なんて反応だ。

「これほっといていいのかショウスケ」

「流石に俺が口出しすることじゃないな。二人共『身体強化』の成績がずば抜けているのだし、仕方ないだろう。ライバルとはああいうものなのだろうな」

「は？」

『身体強化』ってなんの話ですのん？

§§§

　その答えは、意外とすぐにやってきた。

　現れた体育教師の服装は、上下ジャージというお約束とまったくかけ離れたものだった。

　ライダースーツのような、プロテクターが装着された近未来的なデザインの全身スーツ。

　待って。僕ら普通に学校指定のジャージですよ、なんなのこの温度差。

「全員のプロテクターを配布するぞ。今はこれだけだが、都心じゃあコンバットスーツを採用しているところもある。将来東京や海外に行くのなら、今からそれを意識して動くように！」

「だったらうちの学校でも採用してくれよー」

「バカ言うな。スポンサーになる企業がこんな田舎にあるわけないだろう」

順番に渡されるプロテクターを受け取りながら、どうしたもんかと観察する。

黒い、金属でもプラスチックでもない、微妙に重さのあるそれ。

周りに倣《なら》い両肘、両膝、両肩。そして上履きの爪先と手の甲に装着する。

やだ、ちょっとワクワクしてきた。

「今日は前期の総まとめとして組手を行う！　名前を呼ばれた順にフィールドへ入るように」

ええ……ジャージにプロテクターつけてフルコンタクトの空手でもしろってんですか？

『へーい』とやる気のない返事をしながら移動する彼らについていく。

フィールドは全体が黒く塗られており、淡く発光するラインが俺のよく知る体育館と同じようなラインを描いていて、そんなちょっとSFチックな場所に、最初の生徒が現れた。

どうやら最初の組手とやらは女子二人。どっちも格闘技なんかとは無縁な子だ。少なくとも俺の記憶では、休み時間にきゃっきゃうふふと手芸の本を眺めるようなゆるふわガール。

「では……始め！」

その瞬間、二人の姿が掻き消えた。

「は!?　え、何、今の何!?」

バレーボールコートほどの広さのフィールドで、互いに一〇メートルほど離れていた二人。

それが合図と同時に掻き消え、気が付けばフィールド中央で互いに攻撃を受け止めていた。

片や、格闘技の中継でもなかなかお目にかかれない見事な上段蹴り。

そして、それを見事に手の甲で受けながらも、反対の手で拳を突き出している相手。

「おい！　あの二人ってなんか格闘技やってんの!?　素人の動きじゃねーよ！」

「は？　ただのワンステップムーブと加速乗せた蹴りだろ？」

「まぁ防御は結構綺麗じゃね？　反撃が届いてないけど」

周囲にこの興奮を伝えようとしても、気だるい反応が返ってくるだけ。

どうなってんの？　ねぇこの世界どうなってんの？　君ら昨日まで『帰りに手芸屋さん寄ろうよ』『うんー！』とか言ってたよ!?　それが今では、文字通り目で追うのがやっとの超高速近接戦闘を繰り広げておりますよ!?　いつからそんなコンバットガールになったの!?

§§§§

「ダメだ……ついていけねぇ……」

クラスメイトたちの変化に置いてけぼりをくらっております、どうも僕です。

あのさ、さっきの二人だけじゃなかったよ。一番ちっちゃな飛び級疑惑のある女子から、運動音痴で体力測定でも女子真っ青な記録を叩き出すゲーム仲間までね、もうすごいの。

バーっと加速して、ビュビュッと手足がね？　もう表現できねぇよ。

気が付けば、観戦席に残っているのは俺とショウスケの二人だけ。

正直、今まではだったらそれなりにやんちゃした経験もあるし、体を動かすのも苦手じゃない俺が、この優等生君に負けるなんてことは考えられなかった。

が、しかし……絶対無理だって！　俺あんな動きできないって！

「よーし、じゃあ最後はいつもの二人。ほら、全員参考にしろよ。コトウはもちろんだが、サハラも戦闘術の成績はいつも二番手だからな。メカニック志望の生徒は戦闘後に二人のプロテクターを見せてもらうように。どの部位のシールドが一番減っているか参考にしろー」

もはや何も言うまい。

あれだ、ここはきっとパラレルワールドなんだ。そしてこの世界で生きてきた俺は、勉強はできなくても体育は得意という俺とまったく同じで、それがこの環境でも発揮されていたと。

「今日も勝たせてもらうぞ、ユウキ」

「待って腹痛いからパスで」

「嘘をつくな嘘を。ほら、さっさと行くぞ」

ドナドナドーナー……お前こんな力持ちでしたっけ。

で、ついに連れてこられた決戦のバトルフィールド（　）ですが、どうしましょう。

今見てきた他の連中の動きですら僕、目で追うのがやっとだったんですけど……。

「では構え！　……始め！」

「え？」

その瞬間、突風と共に腹部に突き刺さる鋭い拳。

だが意外にも、思いっきり厚着をした状態でタックルをくらったような、衝撃はあっても痛みはそうでもないという不思議な感覚。

それでも吹き飛ぶのは当然なわけでして。今も僕の視界を流れていくのはここの天井でして。

背中から床に滑り落ち、そのまま壁際まで体が流れていき、ようやく動きが止まる。

いや無理無理無理無理！　痛くなくても恐《こわ》いって！　なんだよお前闘牛かよ！

「……おい、ふざけてるのか？　それとも本当に体調が悪いのか？」

「あ……たぶんそうだと思う。もう何が何やらさっぱりなんだけど」

「……本当だったのか……いや、日頃の行いが……悪かった、謝る」

意味がわからない。困惑と同時に、この力を使う周囲に恐怖を覚える。

だが――同時に悔しくもある。

なんだ、なんだこの世界は。まるでゲームの中みたいな現象の授業があって、実際に非現実的な動きができて……面白すぎるだろ。なのに、俺はなんだ？　何もできないのかよ……。

失意の中、俺は棄権の合図として手を上げ、ゆっくりとフィールドを後にするのだった。

§§§

さっきの授業が今日最後のコマだったらしく、下校の時刻になった。

そういえば友人たちからＶＲ訓練がどうのって動画見せてもらったな、少し寄ってみるか。

「……おかしいな、学校来る時は気が付かなかったけど、街もどこかいつもと違う」

登下校で二年半も通った道。特に行きつけの店やコンビニがあるわけでもない道だが、それでも目に馴染んだはずのこの通学路が、今までとは微妙に異なっていた。

それは街中の掲示板に張ってあるポスターの内容だったり、昨日まで金物屋として店先にヤカンやらスコップやらを並べていた店が謎のスポーツ用品店になっていたり。

そして心なしか走っている車のデザインが近未来チックだったり。

正直、突然今までとは違う場所に来てしまったという恐怖はある。

だが、悲しいかなゲーム好き『異世界みたいな何かキター！』という喜びの方が大きい。

正直、さっきの授業がなければハイテンションで今の用品店に突撃していたと思います。

『秋宮カンパニー最新モデル入荷　闇を切り開く新世代の刃』……すごく気になるんだが？

「が！　今は訓練！　俺だけこんな楽しそうな世界で置いてけぼりとか勘弁だからな！」

さぁ、レッツ元ゲームセンター！　レッツ田舎のオアシス繁華街へ！

§§§

「……なんだこれ……でっかいバッティングセンターみたいな」

やってきました訓練施設。学校の施設よりもさらに巨大なその建物に尻込みしてしまう今日この頃。周囲を見れば、何やら竹刀袋のような物を背負った人間がこぞってその入り口へと呑み込まれている。まさか武器なのか？　ＶＲ空間で剣ブンブン振り回したりできるのか!?

授業を見た限り、俺たちのような学生ですら超人めいた動きができるのだ。そこでさらに剣を使うなんてそんな……魔○剣とか空○斬とか、そういうの出せたりするのでは!?

「なんてな。流石に剣から何か出るなんてことは――」

流石にそれはないと脳裏に浮かんだ妄想を振り払い、建物へと足を踏み入れた。


「なんか出てるー!?」

すまん剣から出てたわ。なんか赤い光の剣みたいのから剣圧みたいなの飛んでましたわ。

施設に設置されていたモニタに訓練風景が映し出され、それを周囲の人間が見つめていた。

まるで格闘技を熱心に見るマニアのように、彼らが小声で隣の人間と意見を交わす。

その内容を聞こうと、やや冴えない様子の男性二人組のそばへ寄ると――

「あれ、ＵＳＨ社の第二世代モデルだな。あそこまで動ける人間が旧式の武器を使うのか」

「わかっていないな。あの独特の魔力光の色に魅せられた人間は多いらしいぞ。俺だって、もし売っていたらローン組んでも買いたいくらいだ」

「ほぉ、赤色好きか。けどまぁ……おそらく負けるだろうな。対戦相手の武器の性能もあるが、本人同士の力量が違いすぎる。誰だ、あっちの剣士」

「初めて見るな俺も。見たところ『あっち側の技』も習得しているみたいだが……」

何、なんなのそのワクワクする会話!? 剣のモデル？ USH社？ あっち側の技？ ワクワクが止まらない。なんだよ技って、俺にもできるのか？ 剣からビュって出すの！

再び視線をモニタへと向けると、二人の剣士が鍔迫《つばぜ》り合いをしている真っ最中だった。

片や、赤い光を纏《まと》った、メカメカしいデザインの日本刀のような武器。これが先程聞いた『USH社製』とかいうやつだろう。

対する『あっち側の技』とかいうものを使う剣士は、なんの飾り気もないポールを軸に、黄色い光で剣の形を取るという、より一層未来感溢れる武器を手にしていた。

大きいな。ゲームなら大剣と呼ばれそうな大きさだ。

「……すげぇ、ああいう武器ってさっきのスポーツ用品店みたいな場所で買えるのか？」

バイトを少し前に辞めた俺の財力で買えるか疑問なんですが、どうなんですか？

その時、画面の中に動きがあった。大剣を持つ剣士が、相手の剣士を鍔迫り合いの状態から一気に弾《はじ》き飛ばし、その勢いのまま壁へと叩きつけたのだ。これは、勝負ありだ。

「大きい剣の方が出力も上とかあるのか？ すげぇなぁ、俺もやってみたいなぁ」

こうしてはいられないと、受付と思われる場所へと向かう。

すると、学校の授業で先生が着ていたようなスーツを着たお姉さんが応対してくれた。

……むっちりパツンパツン。これが見られただけでもうここに来た甲斐がありました。

「あの、ここ使うの初めてなんですけれど、どうすればいいんでしょうか」

「その制服は聡峰《さとみね》高校の生徒さんね。学生証と、シートに必要事項を記入してちょうだい」

手渡された用紙。そしてその内容にまたまた頭を抱えるハメになってしまいましたとさ。

……なんですのん？　『先天性魔力吸引口の有無』って。

『適正魔力』って俺知らないよ『最終検査時の魔力保有量』ってなんのこと？

あれか、体力テストみたいなものか。学校に保管されていたりするのかそれ。

おいおい俺よ、君は今までどんな人生を歩んできたんですか。

「すみません、この数値とか今わからないんですけど……」

「あ、大丈夫よ。任意だからそれ。でも厳しい場所もあるから、今度学校からもらってきてね、測定結果。一度登録すれば全国の系列店で使えるから」

「あ、了解っす。じゃあ……道具とか、貸し出してもらえるんでしょうか？」

「もちろん。高校生みたいだし……そうね、このリストから選んでちょうだい」

渡されたリストには、大きく分けて三つのカテゴリが記されていた。

銃や弓といった遠距離武器。剣や槍といった近接武器。そして――

「ま、魔法!?　魔法なんてあるのかよ!?」

『魔力ブーストにより魔法の行使を補助する術具』という項目。

もう選ぶしかないじゃない！　こんなの選ぶしかないじゃない！

「すみません、この……秋宮の術式リンカーと秋宮のエッジモデルを借りたいんですけど」

「はいはい秋宮セットね。それ、人気なのよね。初心者にも扱いやすくて」

そう言われ手渡されたのは、左手用のアームガードと、金属質な……木刀のような物。

メカメカしい外観にSF世界のようだな、とテンションを上げつつ、早速装備してみる。

サイズはピッタリ。足早に訓練場へ向かうと、どうやら共有のスペースらしく、皆が準備運動をしていた。扉がいくつも並んでおり、どうやらその先がVR空間になっているらしい。

「剣……結構重いな。それに魔法ってどうやって使うんじゃろな」

試しに気合を入れて左手を突き出しても、うんともすんとも言いませんが。

振ってもダメ。何してもダメ。ええ……。

が、今日の目的は学校でありえない動きをしていた皆と同じことができるようになる、だ。

「何か……意識的にああいう動きができるようになるスイッチがあるんかねぇ」

剣を振る。これではただの素振り。反復横跳びをする。これはいつもの俺。

何か、何かあるはずだ。きっと……この世界にだけある何かが。

アニメやゲームのような力があるのなら、それを引き出す方法があるはずだ。

「体が温まってきた気がする。……なんだろ、体の中に流れてるのか……？」

思い描く。様々なアニメで見た主人公の修行のように、想像するのだ。

何かが流れているのだ。それを全身に行き渡らせ、思い描き動くのだと。

導かれるように、次第に体の動きが速くなる。視界がぶれ、周囲の景色が残像を残す。

……もっとコンパクトに。こんなもんじゃないだろ、俺が見てきた作品の登場人物は。

分身やら瞬間移動やら、まさしく超人だったじゃないか。それを再現——

「まぁできるかは知らんけど——って、舌噛んだ」

跳ぶ。するとこの訓練場の天井だろうか、それが目の前まで迫る。

は!?　俺何メートル跳んだ!?　着地できんの!?

その心配をよそに、衝撃を感じさせない着地……おお、これが体を動かす感覚か！

「すごいなキミ！　何かの訓練生なのか？」

「大学生の俺らより動けてんじゃん、なになに、どっかのチーム入ってんの？」

すると、近くにいたお兄さんたちが寄ってきた。こりゃ好都合、色々聞いたろ！

「ほら、よくアニメであるじゃないですか。ドラ〇ンボールとかナ〇トみたいなの。ああいう感じで自分の中と対話？　みたいに集中して、そういう動きを意識して動いてみたんです」

「……アニメ？　そんな作品知らないぞ？　それを見たら動けるようになるって？」

「おいおい、どこの国の話だよ……っていうかアニメ見て動けるとか流石にないわ。……いやまぁ、秘密なのは当然だわな。悪かったな、絡んじまって」

……え？　いや割とメジャーどころじゃないですか？

何かがおかしい……世界が何かおかしいと思っていたが、知らない物が増えた世界ではなく、もっと根本的に変わってしまっているかのような。

俺は急ぎこの訓練施設を後にし……街の中心部へと向かうのだった。

§§§

「嘘だろ……ない……ない……ゲームコーナーにＲＰＧもアクションも何もない！」

行きつけのゲームショップ。だが、売られているのは五世代以上前のゲーム機だけだった。

ドット絵全盛期。だが、スポーツゲームとクイズゲームしか置いていなかった。

それは、漫画本やライトノベルも同じ。戦いをテーマにした作品もあったが、それはあくまで常識的、一部は先程のような俺の動きも描写されていたが、その程度だった。

存在しないのだ。スーパーヒーローが活躍するような物語が。

「……わけがわからない。じゃあ俺の家にあるゲームは⁉」

走る。電車に飛び乗り、そして再び走る。

山の麓にある、自分の家。財布から鍵を取り出し、そして扉を開けようとしたところで――


「世界が……変わったなら、俺の境遇も変わってたりするのかね……？」

仄《ほの》かな期待と不安を胸に玄関扉を開けると……見慣れた光景がそこにあった。

赤ん坊の俺を抱き上げる親父の姿が写った写真。

どこかの山の風景が写った写真。

枯れない造花が活けられた花瓶。

変わらないその姿に肩を落としつつ、靴を脱ぎ……そして座敷へ向かう。

「……だよな。やっぱ何も変わらない」

仏壇。そして飾られている親父と祖父母の写真。

……ああ、変わらない。

「つと……ゲームゲーム！」

ちょっと期待をしていただけ。そんなへこむことじゃない、と居間へ向かう。

だが、やはりそこにあるのは、買った覚えのない古いゲーム機だった。

いや、見た目は新しいな。ソフトの方は……。

「算数マスター！　国語の達人！　クイズアカデミア！　知らんわこんなん！」

ええい、どうなってんだこの世界は！　そもそも俺は何故ここにいる。ここは何か変わったとかじゃなく、完全にパラレルワールドだと仮定しよう……やべ、なんもわがんにゃい！

「このまま、ここで生きていくってことか？　いや正直それは楽しそうだしいいんだが……なんだろう、色々わからないと不安だ……暫くこの世界のこと、勉強した方いいよな……」


この日から、俺は傍から見たら真面目な勉学青年に映るような生活を続けた。

二日目は、学校の授業を真面目に聞き、図書室で歴史を調べた。

三日目は、元の世界ではゲーム仲間だった友人に様々なサブカルチャーについて聞いた。

四日目は、進路相談の名目で、俺たちが一般的に選ぶ道、企業について聞いた。

五日目は、インターネットを駆使して、さらに多くの情報を集めた。

そんな生活を、俺は一カ月もの間続けたのだった。

§§§

「今日で一カ月、か。ようやくわかった……この世界のこと」

便宜上、俺はこの世界を『分岐世界』と呼称することに。

今から約半世紀前。日本列島から東に二五〇〇キロ地点の太平洋沖に、謎の力場が発生。

ブラックホールのようなそれの登場に、戦後の日本を含む世界各国が調査開始。

だが、それから数日でその力場より人が現れたそうだ。

『異世界グランディア』その日、地球は地球以外の世界とつながった。

そこから互いに交流が生まれ、時を同じくして地球各地でも不可解な現象が頻発。

それは、巨大力場を通じて異世界の力『魔力』が流れ込んでいる影響ということが判明。

このブラックホールのような巨大力場のことを『ゲート』と名付けた。

「非日常が日常になった関係で文化の発達の仕方が変わった、か……ゲーム文化が進んでいないのもアニメが豊富じゃないのもその関係……俺はもう新作ゲームを楽しめないのか……」

元の世界でゲームメーカーだった新天堂は、今は戦闘スーツのメーカーとして有名な会社に。

永遠の二番手なんて言われていたサガ社は魔力変換発電とかいう、クリーンで効率のいい電力供給会社として日本を支えているそうだ。で、ソナー社は武器の開発に余念がない。

だが、これら三社をも上回る超一流企業がこの世界では台頭している。

「秋宮カンパニーって元の世界じゃ文房具メーカー……確か教材も扱ってるとこだったかな」

私立図書館や保育園の運営までする会社だったが、そこまでメジャーじゃなかったはずだ。

だが、この会社はこの世界だと、つながった異世界との貿易から兵器開発、技術開発、それに一部の外交や戦闘部隊の運用までする、一大軍事会社になっていたのだ。

さて、兵器やら軍事やら、授業にまで戦闘が入っているこの世界はどうなっているのか。

その答えが――だがその時、こちらの思考を中断させる第三者の声がかけられた。

「ササハラ、少し根を詰めすぎだぞ。最近のお前の姿勢は大いに評価するが……休憩だ」

「あ、悪いなショウスケ。ありがとう」

「構わんよ。しかし、なんで急に変わったんだ、お前は」

「いやまぁ……ほら、もうすぐ夏休みだろ？　そろそろ受験のために頑張りたくなった」

「そう、か。何かあったわけじゃないならいい。最近では悔しいが、俺の組手での勝率も下がってしまった。今のお前なら東京の学校だって狙えるかもしれないな」

「はは、まぁな。ただ、まだ決まっていないんよ俺の進路って」

「そうなのか？　俺はてっきり『異界調査隊』でも目指しているのかと思ったが」

そう、その『異界調査』というのが、この世界で皆が戦闘訓練を行っている理由だ。

地球とつながった異世界。だが、そこ自体は平和な、俺の認識で言うところの『剣と魔法の世界』ってやつだ。だが『異界』っていうのは、地球と異世界、そのどちらでもない。

異世界に現れた異常であり、また違う世界へとつながっているゲートでもあるそれは、多くの危険を孕み今も調査中の危険区域で、その調査中にゲートが地球につながった、というわけだ。

「まぁそういうのは……プロに任せるさ。ああいうのは天才が就く仕事だろ？」

「確かにな。そうだな、ならバトラーとしてプロデビューはどうだ？　お前にぴったりだ」

「はは、確かに人気だもんな、プロのバトラーって」

異世界の人間と協力して戦うべく、次代の戦士を育成するというのは常識なのだ。

まぁ、無論それ以外の進路も豊富で、徴兵制度のような恐いものではないと、理解している。

それこそ、戦闘訓練を通じてプロスポーツ選手のように活躍するというのが人気なわけだし。

§§§

下校中、俺はここ一カ月の日課となっている、例の訓練施設に寄っていた。

実は……まだ魔法が使えないのである。いや、調べたよ？　いっぱい調べたし、家にある中学校の教科書にも基礎は載っていたよ？　でもうんともすんとも言わないの！

ただ、身体を強化する方はかなり上達した。施設の利用者の中じゃ負けなしだし。

「あ、今日も来たわねユウキ君」

「ちわっす。今日もいつもの借りていいっすか？」

「秋宮セットね？　そろそろ魔術リンカーは諦めたら？　魔法をまったく撃てない人なんて聞

いたことはないけど、実用レベルに至れなくて使わない人なんてごまんといるわよ？」

「やっぱそうなんすねー……じゃあ今日からは剣だけで」

「はい、秋宮のエッジモデルね。それかなり旧式だから、そのうち新しいの入荷するわよ」

「マジっすか！　じゃあ入ったら俺にも使わせてくださいね」

「ええ、もちろん。それより……今日は満足できるかもね？　模擬戦の様子を見てみて」

なんだかんだで常連になった俺と親しくしてくれるのは受付のお姉さん。

思春期が長引いている僕にはその笑顔とナイスバデーは眩しいのです。

会話をしに来ていると言っても過言ではないっす。

が、気になるその言葉にロビーにあるモニタに目を向けてみると――

「うっそだろ……あれ七対一じゃん……圧倒してるし」

「お、ユウキ君じゃないか。見てみなよあの女の子。大学生とアマチュアチームの混合七人相手にあれだ。あんなに小さいのに……あれが天才ってやつなのかな？」

モニタには、以前話しかけてきたお兄さんたちを含む男性七人が、魔法や銃、剣や槍を駆使しても攻めきれず、瞬く間に半数ほどが沈められる姿が。……しかも相手はどう見ても少女だ。

青みがかった銀髪。小学生くらいだろうか。

身長よりも大きな大剣型の武器を駆使し、縦横無尽に戦場を駆けまわる姿。

髪についてはあれだ。異世界から来た人間とこちらの人間が結婚することなんてザラであり、魔力という力の影響で、変わった色をした子供が生まれることも多いのだとか。

実際、クラスにも金髪や赤髪がいるし。夏休み前にイメチェンしたのかと思ったよ。

ちなみに俺は真っ黒。残念無念。

「試合終了か。これで施設にいた人間は全敗だ。ユウキ君、どうだい？」

「……聞くまでもないでしょう？」

「だな。よっし、俺たちの雪辱を果たしてくれ」

「おうさ！　泥船に乗ったつもりで見ててくださいよ！」

「その泥船、セメントで補強してるんですねわかります」

「それじゃあどのみち沈むが」

おめぇつええなあ！　オラわくわくすっぞ！

そんな気持ちで少女の元へ向かうと、その子はつまらなそうな顔で武器を整備していた。

「わかってたけどさぁ……退屈だよこんな田舎。早く仕事終わらせてくれないかな……」

不機嫌というよりも、寂しそうにそうぼやいている少女。

察するに、親の仕事の都合でこんな場所まで来たのだろうか。

「田舎なのは同感。へい、そこのお嬢さん。お兄さんも挑戦していいかね！」

「あ、うん。いいけど……私手加減してさっきの結果なんだ。それでもいい？」

「ＯＫＯＫ！　俺もここじゃ負けなしだから！　ごめん嘘、最近やっと勝てた人とかいる」

「ほんと？　じゃあやろっか。武器は……レンタルモデルなの？　私の特注品だから、打ち合うと壊れちゃうかもだけど……」

「え、マジで？　VRなのに？」

「うん。打ち合ってるのは事実だもん。武器は壊れちゃうと思う」

「……どうしよ、俺弁償なんてできないわ」

「……わかった。私がなんとかするからやろう。退屈だったんだもん」

ささ、可愛いお嬢ちゃん、二人きりであっちの部屋に行きましょうね……事案っぽいな！

「それじゃVR開始お願いします」

『はいはーい！　そこのお兄さん、一応この施設で一番強い子よー』

「あ、本当だったんだ。よし、やろうやろう」

「信じていなかったとかショックなんだけどー」

「あはは、ごめーんね？」

VRが展開され、無機質な空間が広い宇宙空間のような背景に変わる。

学校にあった訓練施設のようになったその場所で、少女は武器を構える。

青い光の刃を持つ大剣。それを構えた瞬間、ぞくりと体が震えた。

「……簡単に壊れてくれるなよ、少年」

「え、ちょ、キャラちが――」

瞬間、彼女は剣からオーラを噴出し、それを携え突進、その勢いで剣を振るってきた。

受け止めようと剣を掲げ……魔力を腕に込め、自身の剣を強く握り衝撃に備える。

次の瞬間襲ってきた衝撃に両腕が痺れる。が、その一撃を耐え抜いた。

反撃、そのまま薙ぎ払うも、既に彼女はいない。

オーラを噴出する剣に牽引《けんいん》されるように高速で動き回り、背後や空中へ飛ぶ少女。

「はええ……待てこら！」

「……速いな」

走り、跳び、天井を蹴り、壁を蹴り追いかける。

剣を振るうも、それは彼女の足をギリギリかするだけ。

そしてすかさず返される彼女の剣を蹴りで弾《はじ》き、なんとか食い下がろうとする。

そんな、明らかに自分より強い相手になんとか食い下がろうとするも——

「十分、楽しめた。ありがとう、少年」

「な!?」

次の瞬間、青い刃が肥大する。それを確認した瞬間にはもう、それがこちらに迫っていた。

「天断〝改式〟」

少女の呟きが聞こえる。

ああ……これが例の……『あっちの技』ってやつ……か。

§§§

「……知らない天井だ」

「いっぱい天ぷらがのったご飯？」

「それは天井だ」

「よし、突っ込めるなら意識は大丈夫だね？　いやお兄さん強かったね！」

気が付くと、施設にある医務室のベッドの上でした。

ちなみに、知らない天井ってのは嘘です。僕ここの常連でもあります。

しょっちゅうぶっ倒れるまで練習してたんですよね。

「いやぁ……結構自信あったんだけど、君強すぎるぞちびっこ」

「へへ、そうでしょう？　でもさ、お兄さん私と打ち合えたし、技まで使わせたし。何よりも身体強化しただけでついてこれたんだもん。本当それ異常だからね？」

「そうなん？　俺魔法上手く使えないからこっちばっかり練習してたんだけど」

「練習でそこまではありえないから。マジで強いから。学校とか普段加減してるでしょ？」

図星を突かれた。そう、練習を始めて一週間で俺はこの動きが異常なのだと知った。

施設でもあまり本気を出さないようにしていたし、当然学校の授業でもセーブしていた。

態々《わざわざ》ここのお姉さんに頼んで、魔力抑制のバングルまで取り寄せてもらったくらいだ。

ちなみに、バングルで四カ月分の生活費が消えました。大丈夫、一応蓄えはあるんです。

「今もリミッター装備してるし、外したらもうちょっと粘れたんじゃない？」

「外したらこれダメになっちゃうんだよーお兄さん買い直すだけお金に余裕はないんですー」

「そっかー……あ、レンタル武器は私が弁償しておいたよ。でも魔力で武器を覆ってたおかげかな？　そこまで激しく損傷していなかったよ。お兄さんやるじゃん本当」

「そこまで褒められると照れるけど……君小学生でしょ？　なんだか複雑」

「私は特別なんだー。じゃあ私はもう行くね。明日東京に帰るから……もう会えないかも？」

「えーお兄さんさーみーしーいー」

「わーたーしーもー！　なんちゃって！　……大丈夫、君は強いよ。だからきっとまた会えるさ。東京に出てきな、君なら通用する。私が保証するよ」

内心悔しかったのだが、ごまかすようにおどけてみせると、この少女も一緒におどけてみせた後……戦闘中のような雰囲気を纏い、唐突に大人な魅力を振りまきそう助言してくれた。

「……じゃ、私は行くね。お兄さんはもうちょっと横になってること。いい？」

「はーい」

「よろしい！　じゃあね、お兄さん！」

「ちょい待ち。名前教えてくれよ」

「いーよー。私は〝リオ〟っていうんだ。お兄さんは？」

「ササハラユウキといいます。気軽にユウちゃんと呼んでくれていいぞ」

「うん、わかったよユウちゃん。じゃあ今度こそばいばい！」

そう言いながら医務室を後にするリオちゃんを見送る。

「……俺は、俺は……」

胸の中にモヤモヤを吐き出すように、俺は小さく呟いた。

「俺はロリコンじゃない……なのにときめいちまった！」

§§§

ユウキと別れ、一人訓練施設を後にした少女、リオ。

彼女は去り際にもう一度背後を振り返り、そして自嘲気味に呟いた。

「私と同じか……それともちゃんと人の世界で生きられるのか……」

その呟きは誰にも拾われることなく、もしかすれば少女自身の記憶からも消えてしまうのではないか、それほどまでに儚《はかな》く朧《おぼろ》げなものだった。

§§§

敗北は人を成長させるってのは本当だと思います。あの日リオちゃんに負けてから、俺はさらに自分を鍛えようと、少し遠くにある県中央の訓練施設にも顔を出すようになった。

身体強化の段階を抑え込むバングルを一つから二つに増やし、さらに自分を追い込んだ状態でも勝てるように毎日毎日、電車賃が馬鹿にならないから定期を買ってまで通うようになった。

そして……俺は未提出の進路希望の用紙に『東京の訓練学校に進学希望』と書いて提出した。

「ユウキ君！　ちょっと勉強教えてほしいんだけどいいかな？」

「あーいいよ。どこどこ？」

「ここ、大軍に備える陣形について。状況の考察と環境の利用っていうとこなんだけど……」

が、それでも癒しは欲しいので、ここ最近の勤勉っぷりに俺を頼るようになった女子に、勉強を教えてあげたりしているんですけどね！

ああ、女子はやっぱり同世代か年上に限ります……あの時の思いは気の迷いだったんです。

「なるほど、拠点周囲の環境を考慮……山や崖の場合を想定した布陣か……」

「そ。それによって割く人員も変わるでしょ？　この例題だと魔法師団ってあるから――」

そんな学生生活をエンジョイしつつも、季節は夏真っ盛り。

いよいよ学校の図書室が受験勉強の生徒で溢れ、最寄りのファストフード店でも参考書を開く生徒が珍しくなくなってきた今日この頃。

俺は担任の教師に呼び出され、日曜だというのに学校へとやってきていたのだった。

ちなみに今の女子生徒、違うクラスだったりします。休みの日にも学校で勉強するなんて実に勤勉ですな。名前、知らないけど。とその時、校内放送が流れた。

『三年C組のササハラユウキ君、A組のヨシカゲサトミさん。職員室まで来てください』

「あ、ごめん呼ばれたから行かなきゃ」

「あ、私もだから一緒に行こっか」

サンクス校内放送。この子の名前を教えてくれて。

§§§

「よく来てくれたな二人共。休みなのに悪いな」

「いえ、大丈夫っす。バイトも今年に入ってから辞めてたんで」

「私も、親が近くに用事があったので」

「ん、そうか。今日呼び出した理由だが、たぶんわかっているな？」

知らん！　まったく想像できません！

「はい。進路のお話ですよね？」

「そうだ。二人共東京の訓練校志望とあったが……保護者とは相談してあるんだよな？」

「はい。父は渋りましたが、納得してくれました」

「あ、俺の方は一応役所に相談してみましたよ。家とか土地についても相談済みです」

俺、天涯孤独ってことになってるんです。いや血縁上は母にあたる人間もどこかにいるのだろうが……知るかよ、俺の家族は死んだ親父と祖父母だけじゃい。

「そうだな、ササハラは実家や土地の管理も必要だからな。だが、もし政府に認可されている一部の訓練校に入学するとなれば、様々な援助も受けられる。その辺りも調べておくように」

「マジっすか！」

「そっか……ササハラ君大変だったんだね」

「いいよいいよ、そんな貧乏生活ってわけでもなかったし」

親父の遺産と保険金を崩しながら、割と自由に祖父母と暮らしていたので。

まぁ、流石に高校入学してすぐ立て続けに祖父母が他界したのは堪《こた》えたが。

「で、向こうの訓練校を受けるなら何かしらの特技、技術があった方がいい。本来、高校生のうちに『召喚実験』を受けさせるのは推奨されていないが……二人にはコレを勧めたい」

「高校生のうちにですか!?　あの……でもそれは……」

何それ。そこはまだちょっと勉強不足なんですが。

「一生のうち一度の機会だ。確かに心身共にもっと成長してからの方が特殊な技能、加護を受けられるかもしれない。だが稀ではあるが、高校生で異世界のアーティファクトを召喚、宿した生徒もいる。当然、東京の一流校に特待生として入学し、今は第一線で活躍しているそうだ」

「でも……そんな才能私には……」

『アーティファクト』というのは知っている。

多くは異世界グランディアの歴史上の武具や、失われた魔法や技を指す言葉だ。

中には日本由来の物、歴史的な価値のある物が霊的な存在となり現れるとも聞くが。

それらを手に入れられるかもしれないというのは非常に魅力的だ。

「先生は二〇歳になってから挑んだが、結果手に入ったのは向こうの一般的な籠手《こて》だった」

そう言うと、先生の腕に突然現れる革製の籠手。

だいぶ丁寧な造りだとは思うのだが……お世辞にも特別な力はなさそうだ。

「これは強制じゃない。が、もしも希望するのなら、夏休み中に東京にある研究所で召喚実験に参加できるように申請しておく。期限は三日。よく考えてくれ」

先生は俺たちに用紙を渡し、俺はその場で記入して返却させていただきました。

「参加よろです」

「早いな！　まぁ……お前ならそうするだろうとは思ったが」

「ササハラ君……あの、私は親と相談してからにします」

やるしかないですやん？　もしかしたら伝説の剣とか？　すごい魔法とか？　手に入るかもしれないなんてやるっきゃないじゃないですか。

目指せエクスカリバー、レヴァンテイン！　メテオにフレアにアルテマ！

つっても、そういうネタが通じる人間、この世界にいないんですけどね？

職員室を後にし、下校しようとしていたところでヨシカゲさんに呼び止められた。

「ササハラ君は……恐くないのかな。召喚で全然ダメな物を引き当てたら、一生それと付き合い続けるんだよ？　もっと大人になってから挑めばいい物が手に入る可能性も高くなるのに」

「よくわかってないんだよね、実は。俺そのシステム知ったの初めてだったし。でも、元々今の自分の力で受験するつもりだったから、あんまり関係ないかなって」

「……すごいよ、ササハラ君は。私は……」

「参考までに、高校生で挑んだら普通はどうなるのん？」

「……噂だと去年の卒業生が挑戦して、布製の服、それも子供用を引き当てたって」

うわ、悲惨すぎでは？　しかも子供用て。

「……ちなみにヨシカゲさんの希望としては？」

「私はその……本当に理想なんだけど、使い魔になってくれる小動物が呼べたらなって……」

「そんなもんまで呼び出せるの!?　ちょ、ちょっと過去の事例とか載ってる本知らない？」

「あるよ。現役の有名なバトラー、リーグ選手のプロフィールが載ってる本があるから」

「そっか、そういうの盲点だったわ……ありがと、ヨシカゲさん。俺もう少し学校に残るよ」

「う、うん。じゃあね、ササハラ君」

彼女にお礼を言い、図書室へと向かう。ヨシカゲさんには今度しっかりとお礼しなきゃな。


図書室へ向かい、受験勉強でひしめく生徒の皆さんの邪魔にならないよう、目当ての『現代に生きる英雄たち』というスター名鑑のような本を借り、人の少ない食堂で読むことに。

まぁ、ここにもノート広げている生徒はたくさんいるんですけどね。

「霊魂召喚……霊の生前の力を扱えるようになるタイプと、実体を持たせ使役するタイプ……え？　体を生成して本物の使い魔として契約するタイプ？」

どうやらこの世界の化学、科学は俺の想像以上に進んでいるようでした。

なんでも、霊体が強い意思と自我を持っている場合、それを基礎として体組織を培養、ある意味転生という形で、この世界に新たな生を授けることもあるという。

事例として、角の生えた兎、異世界グランディアでは割とポピュラーな『魔物』と呼ばれる変異した動物を誕生させたともある。

中には、馬に似た魔物を使役し、共に戦場を駆けまわる人間もいるのだとか。

「これは夢が広がるなぁ……なになに？　火竜の力を宿し、炎を自由に使役する力とな」

もうそれ主人公じゃん！　そういうの題材に漫画とかゲーム作ってくれてもいいじゃん！

「お、ユウキじゃないか。さっき放送で名前を呼ばれていたが、どうしたんだ？」

「お、ショウスケも日曜なのに学校で勉強か？」

するとと現れたのは、最近仲がいいショウスケだった。

「ほら、俺進路で東京の訓練校志望しただろ？　だから召喚実験に挑戦する気はないかって」

「な……お前東京の訓練校本当に志望するのか!?」

「え？　そういやお前はしないの？」

「俺は……隣の県の大学だ。訓練校じゃないが、戦闘部門や異世界文化学で有名なところだ」

「そっか。俺もそういうところにした方が安定なんだろうけど……挑戦してみたいんだ」

「そう、か。しかし召喚実験となると……先生も本気で受からせようと考えているんだな。だが訓練校と言っても数が多いぞ？　どこを受ける気だ」

「それがさっぱり。まだ調べてないんだわ」

けれど、東京の訓練校となると数が限られているらしく、いずれも名門校だそうだ。

さらに異世界に一番近い首都が東京ということで、異世界からも生徒を募集しているらしい。

ちなみに小耳に挟んだのだが……人間以外の種族もいるのだとか。

少し前にテレビのバラエティー番組に、獣人やエルフの女優が映っていた。

美人すぎてやばい。見続けたらファンになりそうだったわ。

「一番の名門なら……秋宮カンパニー傘下の『シュバインリッター総合養成学園』になるが
……まぁそれこそ、召喚で大当たりを引いた時に初めて受験資格が出てくる狭き門だな」

「また出たよ秋宮。どんだけ手広いのさあそこ」

「噂じゃリゾート部門もあるらしいぞ。で、次の選択肢が『グランディアアカデミア日本分校』ここは知っての通りグランディアに本校がある専門校だな。向こうの魔術知識や戦闘技術を学べるから人気ではあるが、こっちも倍率が高いな」

「ほへぇ……エルフの生徒とかいるかね？」

「いるんじゃないか？」

胸がときめくんだが？　あの耳は果たしてどんな感触なのか確かめたいんだが？

ササカマに割り箸刺したら似た感触になるのだろうか？　いや、失礼か。

「東京か……差をつけられてしまったな」

「まだ決まったわけじゃないだろ。下手したら浪人だ」

「いや、お前なら最悪、こっちで中途でいくらでも入れる場所はあるだろ。俺ですら地元じゃ特待生で引く手数多《あまた》だ。お前なんてもっとだろ？」

「んん？　そういやなんか県から色々手紙が来ていたな。チームに入ってほしいとか」

「うちの県でもプロ入り目指しているチームがあったな。都心に比べて遅れているからか」

プロ野球選手のスカウトみたいなものなのかね？　それはそれで惹かれるんですが……もうちょっと色々自分で決めていけたらいいじゃないですか。

何もわからずにここまで自己流で頑張ってきたんだ。もう少し自分で歩いていきたい。

そんなことを考えながら、友人とそれぞれの進路について考える夏の午後。

……案外、悪くないよ本当。元の世界じゃ、きっとお前と仲良くなんてなれなかったから。

§§§§

帰り道、今日はなんだか考えることが多かったせいか、訓練施設には行かず気まぐれに祖父母と親父が眠る墓参りへと向かうことにした。

お盆も近いし、案外丁度良かったかもな。

「爺ちゃん婆ちゃん。それに親父。たぶん……正確には俺は別人なのかもしれないけどさ。これから頑張ってみるよ。もしかしたら地元、離れちゃうかもしれないけどさ」

途中で買った花を供える。線香と蝋燭《ろうそく》もしっかり準備してきた。

手を合わせ、聞いているかもわからないが誓うように語りかける。

日差しが、御影石に反射して顔を照らした。

それを勝手に激励だと思い込むことにした俺は、そのまま墓地を後にするのだった。

「俺以外にも墓参りに来てる人、いたのか。早めに来るってことは……やっぱり盆に休めない人ってのはこの世界にもいるもんなんだな」

遠くに人影が見えた。む、彼女持ちか、けしからん！

髪の色から察するに異世界グランディアから来た人なのかね？

……なんで女の人を二人も連れているんだ、けしからん！

「く……彼女欲しいよなぁ俺だって……あのうらやまけしからん人の苗字はなんだ？」

すれ違いざまにチラリとのぞいた花が添えられた墓石には『仁志田《にしだ》』とあった。

くそう、見知らぬ仁志田さんめ、リア充爆発しろ！　いや身内じゃないかもだけど。


帰宅し、既に墓参りをしてきたというのに、もう一度仏壇でナムナム。

家を出たら暫く掃除をする人間もいなくなるんだよな……ま、仕方ないか。

今日も今日とて、近所の弁当屋で買ったチキンカツ弁当をいただく。

自炊のことも考えないといけなさそうだなぁ……一人暮らしを向こうでするのなら。

く……格安弁当とお別れすることも考えなきゃいけないのか！

「召喚か……もし実体を得るタイプの生物なら、餌代とかも考えなきゃいけないのかなぁ」

翌日の月曜日。前期最後の週となった。

生徒の中には夏休みを使い、インターンシップのようなことをする者や、体験入学？　オープンキャンパス？　そういうのに参加する者も多かった。

もちろん、高校最後の夏休みをエンジョイしようと旅行の計画を立てる、ある意味健全な高校生らしい人間の方が多数派なのだが。

「ユウキー！　お前も一緒に北海道旅行に行こうぜー！　最近付き合い悪いぞー」

「あー悪い、非常に魅力的なんだけど俺東京行くんだわ」

「お、東京旅行か!?　お前そんな金あったのかよ」

「旅行じゃねー、進学のための行事なんだよ」

「マジかー……やっぱ都会だと異種族とかいるんだよな？　こっそり写真撮ってきてくれよ」

「肖像権の侵害って知ってるか？　なんか適当に土産買うから、そっちも土産よろしく」

「ジンギスカンキャラメルな」

「やめろ！」

そんなクラスメイトとの馬鹿話をしつつも、なんだか考えてしまう。

たぶん、元の世界でも高校を卒業すればそれぞれの進路、夢に向かい離れ離れになる。

今みたいなやりとりだって、もしかしたらもうできなくなるかもしれない。

きっと元の世界なら、俺は一緒に旅行に行って、楽しい思い出を作っていたのだろう。

そう考えると、予想外の選択肢を提示してくれたこの世界には深く感謝したいくらいだ。

そんな思考に浸っていると、あまりこちらと関わりのない女子が話しかけてきた。

「ササハラ君呼んでるよ、A組の子」

「ん？　あ、ヨシカゲさんだ」

もしや昨日の召喚実験についてだろうか？　友人たちに断りを入れて彼女の元へ。

「どうしたん？」

「えっと、ちょっと人の少ない所で……」

「了解。んじゃ……体育館裏行こうか。不良が溜まり場にしてなきゃいいけど」

「ふふ、そんなのいるわけないじゃない。うちの生徒指導担当、元バトラーだよ？」

「そうなんだ。おおこわいこわい」

なんだか後ろが騒がしいが、レッツ体育館裏。

本当に吸い殻も何もなく綺麗なもんですな。ていうか元の世界でも不良なんていなかったわ、うち厳しいから即停学、そのまま退学とかザラだったわ。

「……田舎には不良が多いとかもはや都市伝説だよなぁ」

「あはは、確かに。それで話なんだけど……私も召喚実験受けてみることにした。私もササハラ君と同じだもん。今の自分を信じて挑戦しようって決めたんだから、失敗も関係ないって」

「ん、そっか。両親はなんて？」

「『私なんて三〇過ぎてから挑戦しても火種の魔法が出しやすくなっただけだった。学校の推薦なら無料で受けられるんだし、やっちゃいなさい』って」

「お金がかかるのか……本来は」

「そうみたい。今は国の補助で費用が抑えられているけど、昔は五〇万円くらいだって」

あれだ。車の免許取るような感覚なのかね？　免許も欲しいなぁ……。

「だから、夏休みはよろしくね。一緒に東京に行くことになるから」

「あ、そっか。よろしくヨシカゲさん」

「サトミでいいよ。なんだか慣れないからさ」

「んじゃ俺のことは気軽に……ユウ君で」

「うん、よろしくねユウキ君」

あ、スルーですかそうですか。


教室に戻ると、予鈴も鳴っているというのに友人たちから総突っ込みを入れられてしまった。

『何他のクラスの女子と仲良くなってんだよ裏切り者』という。

「違うっての。同じ進路だからその関係だわ」

「クソ……俺も今から進路変えるか？　って無理だよなぁ畜生」

だから違うって。そもそも同じ学校受験するわけじゃないわ。

午後の授業は、夏休み前の復習としての小テストと解説だった。

残念ながらこの世界の教科全てがゲーム的な内容ではなく、当然化学や数学、社会もある。

が、それでも英語や古典の代わりに異世界や魔法の歴史といったものが地位を得ていた。

正直こっちも複雑ではあるのだが……楽しいのでモチベーションは高かったりする。

そうして午後の授業が終わり、部活にも参加していない俺はそのまま下校するのだった。

§§§§

「電車は普通なんだよなぁ……やっぱ都会だと違うのかね。車のデザインもちょっと違うし」

駅のホームで電車を待つ。噂では、東京では電車を待っても大体長くても五分程度で済むのだとか。どんだけ走ってんだよ……こっちは一時間待つことすらあるというのに。

今日も県中央、一番栄えている街の訓練施設へと向かう。

いつも行く場所よりは当然人も多く施設も立派ではあるのだが、それでもそこまで苦戦するということはなく、抑制バングルを二つに増やした状態でも負けることがなくなった。

やっぱりリオちゃんは特別らしい。まだ一〇歳くらいだろうに……どうなっているのやら。

それこそ、何かとんでもない物を召喚し、その力を身に宿しているのだろうか？

「ふぅ、到着到着。お、新幹線来てるじゃん。夏休みに入ったら俺もあれに乗るのかね」

少し離れたホームに停まっている新幹線。だが、明らかに元いた世界の物とは違っていた。

車輪が光っているのだ。青白い光を放つ車輪が、線路から浮いている状態だ。

マジでか……どんだけスピード出るんだろ。ちょっと見ていこうかな。

「あ、この間お墓にいた女の人だ……あれって魔族なのかな？　頭に羽が……サキュバスみたいなものなのか？　それにあっちの白髪の人は……エルフか!?」

少し離れた駅のホームに、白髪のエルフさんと頭から羽を生やしたお姉さんがいた。

一緒にいる男性……おそらくニシダさん？　いや、あのお墓の血縁者とは限らないが。

ともあれ墓地にいた三人があの近未来的な新幹線に乗り込むところだった。

「いーなー！　両手に花！　お、発車するのか？　どんな感じなんだ？」

発車を告げるメロディが流れ、何かの駆動音、高音で耳に刺さるような音が周囲に響く。

すると次の瞬間……車体の動きと同時に衝撃波がこちらの体を揺らした。

……は、速すぎる！　今のなんなん!?　初速速すぎない!?

「うへぇ……楽しみ半分、少し恐いなありゃあ」

§§§

こっちの訓練施設は県中央という理由もあり、多くの人間、とりわけ学生の姿が目立つ。

いつも行く施設は、最寄りの学校が俺の通う高校くらいしかないため、近くに住んでいる大学生や高校生はいても、その大半が俺と同じ高校の生徒ばかり。

が、こっちには様々な学校からやってくる人間が多いため、とても刺激的だ。

無論、この訓練は受験にも役立つ。学校によっては試験で戦闘を行うことも珍しくない。

「さてと……今日はUSH社のブレードモデルを使うかな」

いつもと違う武器を選ぶ。剣なのは共通しているのだが、いつも使う秋宮モデルはかなり初心者向けのモデルで……こう言うとなんだが、使っていると割と馬鹿にされる。

だから変えているわけではないのだが、整備がされていないので、自然と選択肢から外れる。

「うーんこの赤い光……刀に近いフォルム……やっぱ刀はいいよなぁ」

リオちゃんも使っていたが、世の中にはオーダーメイドなんて物もあるらしい。

試しに秋宮のオーダーメイドがどんなもんなのか公式HPを見てみたら、軽く乗用車を新品で買える値段を超えていたので、僕には関係ない世界の話だと思いました、まる。

「！　来たなユウキ！　今日こそお前の連勝記録に終止符を打ってやるよ」

武器を借りていると、他校の生徒に絡まれた。

確か、元いた世界じゃ県一の進学校だったはずだが、どうやらこの世界でもそのようだ。

確か、他の人よりも強かったと記憶しているが……たぶんショウスケの方が強いな。

「おー、んじゃやるか。来たばっかだから軽く流す感じで――」

結果？　連勝記録が今日も順調に伸びたとだけ。

よく持った方だと思います。

§§§

全校生徒が集合した冷房が完備されていない体育館に、全開の窓から蝉の声が鳴り響く。

体育館、別な場所にあったんですね。俺はてっきり訓練場を使うのだと思っていました。

というわけで終業式。前期の終わりを迎えたわけだが、同時に期末テストの返却日でもある。

俺？　ここ一カ月以上勤勉な生徒でしたから。それに勉強の内容が面白いので余裕ですわ。

だがしかし、元の世界と同じ教科は平均よりちょっと高い程度でした。

そして問題の成績順位発表。正直このシステムはどうかと思うのだが、とりあえず今回も我らの学力的なカーストが決まる悪魔の儀式。その張り出された結果に目を通していくと――

「ショウスケすげぇな、学年一位じゃん」

「まぁいつも通りだな。だが教科別で見れば、戦術学は座学、実技考査共にお前に負けているじゃないか。ふむ……数学と国語の成績に自信がないというのは本当だったか」

「絶賛勉強中だよちくしょう」

「ふむ？　受験には使わないのにか？」

「は？　嘘マジで？」

「ああ。大学ならまだしも、訓練校には使わないだろう？　いや、場所によっては最低限の基礎知識は求められるが……流石にこの高校に通えている人間なら問題ないぞ？」

嘘やん！　最近訓練の時間減らしてまで必死こいて勉強してたんだが!?

なんだよ、そういうの誰も教えてくれなかったじゃん！

「ユウキ、ちょっといいか？　生徒指導室まで来てくれ」

するとその時、担任の先生からお呼びがかかる。もしかして東京行きのことだろうか？

「先生。またユウキが何かしでかしたのでしょうか？」

「またってなんだよ。違いますよね？　俺怒られるわけじゃないですよね？」

「心配するな。ユウキの東京行きについての話だ。しかし、てっきりショウスケも東京行きを考えているとばかり思っていたが」

「俺ではまだまだ通用しませんよ。座学の成績には自信がありますが、それ以外ではまだまだです。ただ……いつか都心、いえ、グランディアに携わる職に就きたいと考えています」

「ん、そうか。俺も三年生は何度か受け持ってきたが……ショウスケ、ユウキ。お前たち二人はその中でも印象的だ。依怙贔屓《えこひいき》みたいで気が引けるが……期待、しているからな」

「うぇープレッシャーかけんなよ先生。これで召喚でガラクタ引いたら戻りづらいじゃん」

「くく、その時はその時だろう。先生、では俺はこれで失礼します」

「ああ。夏休み中、くれぐれも事故に気を付けるんだぞ」


先生に連れられ生徒指導室へと向かうと、予想通りサトミさんがいた。

「遅れてすまないなヨシカゲ。じゃあ夏休み中の予定をこれから話すから聞いてくれ」

「はい、先生」

俺はてっきり、東京に行ったその日に召喚実験を行い、一日か二日自由行動を取った後で帰宅、なんて短期間のスケジュールを予想していたのだが……どうやら違うらしい。

「召喚実験は全国から推薦された学生、それに有償で以前から予約していた人間も来る都合上、いつ順番が来るかわからないんだ。一応地方から来た学生ということで優先されるとは思うが、

二、三日は変動するかもしれないから、一週間は向こうで過ごしてもらうことになるぞ」
「マジっすか。ホテル代とかどうなるんです？」

「安心しろ、学校が出す。国からも補助が出ているはずだから……たぶん豪華なはずだぞ」

うっひょマジで！　あれか、三つ星とかそういうやつですかね!?

美味い飯とか食えるかな？　お金持ちのお姉さんとの出会いとか期待していいんですかね？

「それで引率の人間についてなんだが」

「あ、先生が引率なんですか？　それとも私の担任の先生でしょうか？」

あ、そうだった。そうだよな、あくまで学業の延長線上なんだから引率、いるよね。

まぁ出会いがなくとも、サトミさんと仲良くなれるかも、なんて考えていたわけだが。

いや、別に他意はないんです。異性の友達ってなんか憧れるし。

「いや、教員たちは夏休み中も仕事が多くてな……今回は秋宮の職員さんが引率してくれる」

「うわ、また出た秋宮カンパニー！」

「うわって……術式の研究は秋宮財閥が多額の出資をしているんだ、当たり前だろ？　今回の引率だって、秋宮の訓練施設の職員さんだぞ？　ユウキ、最近よく利用してるんだってな？」

「……あそこも秋宮だったのか……もう日本牛耳るとか余裕なんじゃないっすかね？」

「ははは、確かにな。じゃあ詳しいスケジュールはこのしおりに書いてあるから、しっかり目を通して準備をしておいてくれ。先生からは以上だが、何か質問はあるか？」

こちらは特になし。チラリとしおりに目を通してみたが、特に気になるところはない。

するとサトミさんが声を上げる。

「あの、召喚の順番が来るまでの間は自由行動になるんでしょうか……？」

「そうだな、引率の許可があれば出かけても構わないぞ。ちゃんと相談すること」

「わかりました、もう質問はありません」

「同じくありません」

「じゃあ、二人も東京では気を付けるんだぞ、今では異世界の人間も集まるんだからな」

生まれてこの方県外に出たことがない人間なので、ちょっとワクワクしとります。

大丈夫か、俺。迷子にならないか？

§§§

そうして、高校生活最後の夏休みが始まった。

東京に向け出発するのは明日なのだが、本日は引率の訓練施設職員と顔合わせがある。

待ち合わせ、というか訓練施設に集合という話なのだが……。

「来たわねユウキ君！　まだ閉館中だから裏口から入ってちょうだい。一緒の子も中で待ってるわ」

「あ、受付のお姉さんじゃないですか。もしかして引率って……」

「そうよー、私よ私。これでも一応、秋宮カンパニー本社から派遣されて来てるのよ？」

「なんだ、ならもっと早く教えてくれたら良かったじゃないですか」

「いやぁ、驚かせたくって」

いつも受付で対応してくれるお姉さんが引率でした。あれ？　もうお姉さんとの出会いって希望が果たされた気がするんですがそれは。

お姉さんに連れられスタッフルームに向かうと、サトミさんがいた。

「あ、おはようササ……ユウキ君」

「一瞬パンダの餌の名前が聞こえた気がする。おはよう、サトミさん」

「あはは……まだちょっと慣れなくて」

「あらー初々しい。じゃあ自己紹介から始めましょ。私の名前、知らないでしょ？」

はい。ネームプレートもついていないので、いつもお姉さんとしか呼んでいませんでした。

「清水明海《しみずあけみ》よ。一応秋宮カンパニーの社員。ついでに言うとこの施設の所長だったり」

「え！　すごいです、女性でこんなに若いのに……憧れちゃいますね」

「ふふん、そうでしょう？　どう？　びっくりしたササハラ君」

「うん、普通にびっくりした。俺、てっきりただの案内役のバイトだと思ってた」

「……まぁそう思うわよね」

俺たちもフルネームで自己紹介をする。と言ってもアケミさんは俺のこと、フルネームから住所、身長体重から魔力、得意武器まで全部知っているのだが。

が、サトミさんはここの施設を利用したことがなかったらしい。

「サトミちゃん知ってる？　ササハラ君ね、この施設で一番強いのよ？」

「そ、そうなんですか？　ササハラ君学校でも強かったけど……そんなに強かったんですね」

「持ち上げないで。落とされた時ショック死しそうだから」

よせやい照れくさいやい！　お姉さん色々言いすぎ！

「じゃ、顔合わせはこんなところね。そろそろ施設開けるけど……訓練してく？」

「あ、じゃあ俺はやっていこうかな」

「私は明日のために買い物とか行かないといけないので……」

「了解。じゃあ、明日またこの場所にね。駅まで車で行くわよ」

というわけで今日も訓練を終え、そろそろバングルを一つ増やそうと考えつつ帰宅する。

……相変わらず魔法は使えないくせに、身体強化の練度だけはグングン上がりおる。

もしかして今全部外したら……一人ドラゴン〇ールとかできたりしないかね？

もしかしたらリオちゃんとももっといい勝負ができるかもしれない。

いつかリベンジしたいな、あのちびっこには。

§§§

東京出発当日。寝坊した、なんてことはなく、しっかりとアケミさんの車で県中央の駅へ。

この新幹線に乗るのか……対G訓練とか受けなくて平気？　中でピンク色のミンチが完成な

んてスプラッタな展開とか勘弁してくださいよ？

　何気に人生初の新幹線に乗り込み、座席を探す。

「ええと……あった。ササハラ君通路側、サトミちゃんは窓側。私は通路挟んで隣ね」

「夏休みだけあってすっげぇ混んでますね……」

「そうね。でもこの車両、学生と引率オンリーなのよ？　これも秋宮の計らいね」

「やだもう恐い。ところで……これって東京までどれくらいかかるんですか？」

「ざっと一時間半かしらね？　まぁそれまで互いの交流でも深めましょう」

　うっそだろ！　俺の記憶が正しければ三時間以上かかるはずでしたが⁉

　ちなみに料金を聞いてみたところ、知ってる代金の三分の一でした。

　……元の地球との科学力の差が割と大きいっすわマジで。


　本当に軽くお喋りをしていただけで我々は東京へと到着してしまいました。

「見たことはあったけど……駅ってこういうお洒落な建物なんだな本当は……」

「あはは……地元だと無人駅いっぱいあるもんね」

「ふふ、確かにね。ただ目的地はまだよ、ここから専用バスで海上都市まで行くんだから」

　東京駅。テレビで見たことはあるが、この世界ではさらに大きく、モノレールも通っている。

　そして今出てきた『海上都市』こそが、俺の知る東京との一番大きな違いだ。

　グランディアにつながるゲートが海上にある関係で、そこへのアクセスをしやすくするため、元の世界では東京湾の沖だった場所に人口島が作られ、巨大な海上都市が設立されているのだ。

そんなアホな、とも思ったのだが、魔力が存在するおかげでこの世界の科学力は元いた世界の比ではないことを身をもって体験したわけだし……どうせ秋宮がなんとかしたのだろう。

「モノレールは一般のお客さんで満員だからね。召喚実験に参加する人間専用のバスがあるのよ。じゃあ一回ここで生徒と引率はお別れね。向こうのホテルで会いましょう」

「了解っす。んじゃサトミさん、行きますか」

「はい。ではアケミさん、またホテルで」

新幹線で移動してきた生徒たちが集まるバスステーションへと向かう。

地元だけじゃない。途中の駅で乗り込んできた県外の他の生徒も多く集まっており、もしかしなくても全員……こっちの訓練校に入学するための対策で召喚に挑むんだろうな。

倍率……めっちゃ高そう。すごく狭き門だって話だし、こっちの高校でエリート街道突っ走ってる人間も受験するだろうし……何よりも、グランディアで過ごしたことすらある学生もいると聞く。なんなら、実際に魔物と戦った経験がある生徒までいるって話だ。

「流石に緊張してきたね、サトミさん」

「う、うん。ここにいる人たち、みんなライバルになるかもしれないんだよね」

「俺嫌だなー……目の前で誰かがすごい物召喚して、その次にしょぼい物召喚するって展開」

「うう……私も想像しちゃった」

バスに乗せられ、都市の中を進む。

すげぇ、車線多い！　それに自転車専用道路……自転車？　あれなんか浮いてない？

そんなおのぼりさんモードな僕ですが、周りも似たような感じなので一安心です。

そうして、見たことのある物、ない物、そしてまったく知らない物がひしめく大都会の中をひた進み、いよいよ俺の知らない世界、海へと続く長大な橋、海上都市へとバスが進む。

うへぇ……こんな長い橋、大丈夫なのか？　地震大国日本ぞ？　壊れない？

「……やっと見えてきた。なんだあの大きさ、まるで第二の東京じゃないか」

「ええと、東京都の四分の三の大きさみたい。グランディアから移住してきた人の半数が住んでいて、魔力関連の研究所の大半もあそこにあるんだって」

「ほほー……何か面白い物でも売ってないかな、グランディア産の武器とか」

「あると思うよ、私も術式リンカー見てみたいんだー」

おのれ、魔術師タイプか！　魔法のコツ教えろください！

どんどん近づいてくる海上都市。そしてチラリと気になったこの世界の東京湾。

あ、普通に海が青い。クリーンなエネルギーに満ちた世界、万歳。

そのまま海上都市に到着したバスは、高層ビルが立ち並ぶ地区を通り過ぎ、観光客向けのホテルが集中する区画へと差しかかる。

観光スポットとして人気らしく、北海道、京都を抑えて観光客数 No.1 という話だ。

尤《もっと》も、海上都市に入るためには厳しい審査が必要という話だが。

その時、車内アナウンスが鳴り、それぞれの学校名が読み上げられ生徒が降ろされる。

どうやら、学校ごとに泊まるホテルが決まっているらしい。

「うわぁ、すごいホテルだったね今の。私たちはどんなところなのかな？」

「ちっさい民宿。カプセルホテル。ビジネスホテル。ネカフェ。さぁ、選んでくれ！」

「い、嫌！　ないよね、そんなことないよね？」

サトミさん、反応がいちいち可愛いからからかい甲斐があります。

そうしてどんどんバスの乗客が減っていき、ついに残りは俺たちと同じ県の人間だけになる。

やがて、最後にバスが到着したのは――

「ま　た　秋　宮　か　！」

「わ！　すごい、秋宮カンパニーのリゾートホテルだよ！」

これまでのホテルに輪をかけて立派な、超巨大ホテルへと到着しました。

そういやショウスケがリゾート部門もあるとか言っていたな……。

「お、来たわね？　じゃあチェックインしましょうか。ただ、私この後この地区にある支社に顔出さないといけないから、ちょっと今日はホテルの中で過ごしてもらうけど……大丈夫？」

「はい、もちろんです！　ホテルの中だけで地元の繁華街より栄えていると思います」

「あはは……。ユウキ君、ここの訓練施設は秋宮の最新モデルがあるから試してみたら？」

「あ！　それは超テンション上がりますね!?　了解しました」

やべぇ、俺たぶんこのホテルの中だけで夏休み過ごせる自信あるわ。

アケミさんに続きチェックイン。広さおかしい、ロビーだけで体育館二つ分の広さだわ。

「ふふふ……最上階のペントハウスに行きましょう」

「ペント……なんだって？」

「ユウキ君、スイートルームのさらに上だよ……たぶんもう一生泊まることないと思う」

「ふふん、一応本社の人間だからね、私。コネよ、コネ」

ちなみに俺たちと同じホテルの学生たちは、スイートルームに宿泊するらしい。

至れり尽くせりじゃないか。

八九階まであるという頭のおかしい高さのホテル。エレベーターに乗り込むと、あっという間に到着のアナウンスが。曰く、魔力による反発を利用した……よくわからんとにかく速い！

最上階にはどうやらそのペントなんたらという部屋しかないらしく、フロア丸ごと一つの部屋であり、同時に一つ下の部屋の屋上が庭になっているそうだ。

ほぼ庭つき一戸建てのような感じです。オラこんたすげぇどこ初めで来ただぁ……。

思わず方言が出てしまいそうですわ。

「わぁ……！　すごい、海が見えるよユウキ君！」

「そりゃ海上都市ですから」

「そ、それもそうだね。でもすごい……人工砂浜って聞いていたけれど日本じゃないみたい」

「実際ほぼ日本ではないけれどね。一応日本の国内ではあるけど、各国の研究所に大使館まであるし、見た目ほど綺麗な場所じゃないのよ、政治的には」

「でしょうねぇ……ゲート最寄りの国が日本なのと、何故か向こうの言語が日本語とほぼ同じなおかげで優位性はありますが……良く思ってない国も多いですよね」

「そういうこと。それに……何故か秋宮財閥とグランディアの権力者が蜜月の仲って言われているくらい、仲がいいのも影響しているのよね」

「また秋宮か！　何か関係でもあるんですかねぇ異世界と」

「さてねぇ……ま、私もその傘下の会社に所属している身だけどね」

荷物を下ろし、パリっとしたスーツに着替えたアケミさんは、そのまま支社へと向かっていった。夕方過ぎには戻ると言うので、それまではホテルの敷地内でなら好きにしていい、と。

では早速訓練施設、最新のVR設備から武器まで取り揃えられているという楽園へ。

「あ、私も行っていいかな？　体を動かしておいた方が、いい結果につながるかも、なんて」

「確かに。じゃあ俺着替えるからサトミさんも着替えなよ。もう私服でいいみたいだし」

ホテル到着までは学生服でした。しっかり生徒としての自覚を持つようにという理由で。

というわけで、いつも通りのラフな格好に。

「お待たせ、大丈夫かな？　気合入りすぎてないかな……張り切りすぎちゃったかな……」

現れたのは、白いお洒落なスリットの入った半袖ワンピースに、いつもはおさげにしている髪をストレートにとかしたサトミさん。

化粧もしているのだろうか、いつもより大人っぽいじゃごぜぇませんか。

……うっそ、ちょっとときめいた。クラスの男子連中にスクショ見せたら盛り上がりそう。

「いい感じです、少なくとも俺が緊張するくらいには似合ってます」

「ほ、本当!?　じゃあ行こう、私も最新のデバイス使うの楽しみなんだ」

§§§

「ほほー！　すごい、めっちゃ広い！　うおお、強そうな人めっちゃいるじゃん」

「ユウキ君嬉しそうだね？　ふふ、もしかしたら負けちゃうかもだし、応援するね」

「へへへ、望むところですわ、んじゃ武器借りにいきましょ」

早速受付へ向かいレンタルリストを見せられる。

通常、年齢制限、魔力総量、使用練度、学校の成績を考慮し貸し出す武器が決められる。が、そこにさらにレンタル料金というものが発生するので、俺はいつも一番古い秋宮モデルを愛用していた。まぁ、整備不良がありそうなら別な物も使うのだが。

だがしかし！　なんとここの施設は全ての代金が……ホテル宿泊費に含まれている！

つまり、俺は普段手が出せない高級品、最新式、グランディア産の武器にまで手を出せる！

「テンション最高潮ですわ。じゃあ秋宮の限定モデル……サムライエッジ Ver.V！」

「あ、日本刀みたいなタイプだ。浪漫だね、刀。じゃあ私は……指輪とバングルのセットかな。秋宮は魔力誘導補正が強すぎるからＵＳＨ製で」

「玄人思考でびびった。っていうか誘導性なんか秋宮にあったんだ」

「あれ？　かなり強いよ？　初心者用にって」

「へぇ、あまり感じたことなかったけどなぁ」

武器……ウェポンデバイスの光刃や銃弾、矢の発生元はあくまで自分の魔力だ。

が、それを放出、維持には繊細なコントロールと瞬発力が必要だという。

もしかして俺がこれまで戦えていたのはその力によるものだったのだろうか？

ちなみにサトミさんのような魔術師型の人間は、直接自分で魔力を魔法に変換、その際の変換効率を上げてくれるのが術式リンカーと呼ばれる装備だ。

コントロールや放出するための見えない穴のような器官が大きな人間ほど向いているというが……もしかして俺、それが完全に閉じているということなんでしょうか……？

でも体からは一応出ているはずなんだよなぁ。抑制バングルの効果もあるし。

左腕の三つのバングルを撫で、やはり少しだけ未練がましく魔法に思いを馳せる。

ううむ……氷の刀！　とか、炎の刃！　とかやってみたい人生だった……。

「おお、これがサムライエッジタイプ……美しい流線だぁ……」

「うっとり刀を見つめているみたいで、完全に危ない人だね」

「だって見てよコレ、パーツが全部鏡面に磨かれて本物の刀そのものだよこれ。この戦いには影響しないのに、外見を刀に似せるためだけに施された浪漫加工！　惚れ惚れするじゃろう」

「確かに綺麗かも……これ、魔力光は？」

「ちょいと発動」

その瞬間、いつもと違う、まるで体が勢いよく引っ張られるような感覚と共に、過剰なまでに刃が白く輝きだす。う、腕が持っていかれる。

「ちょ、なんだこりゃ！　制御効かないぞ！」

「まさか不良品……？」

「出力をもっと絞れば……ギリギリいけるか？」

まるで勢いよく水が噴出するホースを持っているような感覚だった。

これ、ちょっとやばくないか？

「模擬戦の相手誰かいないか探してくる」

「あ、ここはVRでAI対人訓練もできるって書いてあるから試してみたら？」

「おお……これが噂の……流石の都会！」

早速トレーニングルームへと向かう。個人用とあったので、おそらくここで正解だろう。

しかし中は真っ暗。既にVRシステムが起動済みの様子。

すると、薄っすらと周囲に光のラインが走り、まるで懐かしのゲーム画面、ワイヤーフレームのような空間が生み出された。すげえ……格闘ゲームのトレモみたいだ。

「相手は……人型か」

いつの間にかいた相手。用意されたにしてはあまりにもリアルな人間。

誰かモデルでもいるのか、三〇代に差しかかりそうなお兄さんがそこにいた。

使う武器は……銃と小型剣。接近戦もこなす射撃職……これもこれで浪漫だ。

開始の合図などはないらしく、おもむろに相手が銃口を向ける。

確認と同時に動く足が、床を、壁を蹴り、ひたすら射撃を躱《かわ》すことに専念する。

動ける。増やしたリミッターバングルが心配だったが、十分に戦える。

「ハッ！」

出力をいつも以上に絞り、暴走を抑えた刃で切りつけると、剣ではなく銃でそれを防がれ、そのまま銃の角度を変えて近距離射撃をお見舞いされる。あぶな……かすったぞ今。

再び乱射モードに切り替わる相手。それを回避しながら徐々に距離を詰め、そろそろダッシュ一回で距離を詰められる場所まで来たところで……もう一段階速度を上げ接近。

今度はあえて少し暴走してもいいように魔力を込め速度を上げた刃が、防ごうと出された銃を大きく弾《はじ》き、相手の腕が跳ね上がる。

だが、もう片方の小剣がギリギリこちらの刃を逸らし、距離を空けられる。

つえぇ……ＡＩってここまでやれるのかよ……毎日戦えたら最高じゃんこれ。

「……遠距離の封じ方とか歩法とかもうちっと考えるか」

今一度剣を構え、相手の出方を窺う。だが、一向に動こうとしなかった。

それどころか自分の銃の調子を確認し始めたかと思うと――

「オペレーター、訓練停止だ。デバイスが片方損傷してしまった」

「は!? え、人間!? え!?」

「ん？ どうした？」

「あ、本物の人間……？」

「そうだが？　どうした、何を驚いている」

「えっと……ごめんなさい！」

すみません、部屋、間違えちゃったみたいです。

§§§

「ククク……そうか、ただの一般人だったか。てっきり訓練用に用意された人間かと思って相手をしていたが……まさか私をＡＩ搭載のＶＲエネミーだと勘違いしていたとはね」

「ご、ごめんなさい……ちゃんと調べるべきでした」

「いや、こちらも相手が来ると思いロックをしていなかった。お互い様さ」

「は、はは……あの、デバイスの方は……」

「構わないよ。あれは普段使わない物のテストだったんだ。だが……それにしたってなかなかやる。見たところまだ若いようだが」

「あ、高校三年生っす。ここに泊まってて……」

「ああ、もしかして召喚実験に推薦された学生さんかい？」

「あ、そうです」

男性に連れられ、休憩スペースでおごられる。

……怒ってなくて良かった。あんな高そうなデバイス、弁償なんてできそうにないし。

聞いたところ、彼は仕事でこちらに来ているバトラーらしい。それで、今はオフだからと知人のデバイスの調整を行っていたと。ごめんなさい知人さん、デバイス壊しちまいました。

「そうか……まだ一八かそこらか」

「誕生日が来たら一八になりますね」

しみじみと頷く男性が、何か気になることでもあったのか、深く考え込むように静かになる。

「あ、ユウキ君いた！　さっきの部屋じゃなかったみたいだよーって……お知り合いさん？」

「ん？　彼女さんかい？　ちょっと彼にお手合わせしてもらっていたんだよ」

「あ、違います。一緒に実験を受けに来た同じ学校の者です」

否定が冷静かつ的確、しかも速い。ナチュラルすぎてちょっと傷ついた。

「さて、私はそろそろお暇《いとま》しよう。君、ありがとう。おかげで有意義な時間を過ごせたよ」

「うっす。こちらこそありがとうございました」

そう言って、男性は訓練施設を後にした。

いやぁ……やっぱ強いなバトラーって。アレ絶対本気出してないでしょ。

しかも自分の使う武器じゃないって話だし。

「やっぱり上には上がいるんだねぇ……」

「当たり前だと思うよ？　じゃあユウキ君、次は私と模擬戦しよっか」

「あいあい。んじゃ俺が全力で逃げるから、魔法を当ててみてよ」

「ふふ、了解」

§§§

男は嬉しそうに笑う。

そんな男の姿が気になったのか、いつの間にか現れたもう一人の男が話しかける。

「機嫌良さそうじゃねぇか。人のモンぶっ壊しておいて」

「クク、壊したのはあの少年さ」

「お前が乱暴に扱うからだろうが」

「ふむ？　じゃあ何かい？　君の特注品は、少年の一撃程度、それも使い手が私でもあるに拘《かか》わらず簡単に壊れてしまうような代物なのかい？」

「っ……それは……」

「……あの少年、既製品ではあるが抑制バングルを三つ装着していた。そのうえで私と戦い、コレを破壊してみせた。お遊びとはいえそれができる高校生なんて、私は知らないよ」

男と、現れたもう一人の男が同時に笑みを浮かべる。

ひどく機嫌が良さそうに、まるで面白いおもちゃを見つけた子供のように。

「へへ……許してやるよ、そいつのことは。久々に面白い話が聞けた」

「ああ、私もだ。実に、面白い。彼がどんなモノを呼び出すのか、興味が湧いてきたよ」

嬉しそうに笑う二人の男。だがその実、二人の目だけは笑っていなかった。

「ところで、君は暫く既製品で過ごすことになったわけだが、任務の方は大丈夫なのかい？」

「あん？　ただの付き添いだ。失敗が決まってるのに装備に気を使う必要なんかねぇだろ」

二人は、意味深な言葉を残し、そのまま人知れずホテルから姿を消したのだった。

§§§

海上都市……というよりも、東京に出てきたうえで、改めて気が付いたことがある。

言うまでもなく東京と地元では、テレビの放送局、いわゆる民放の数が段違いではあるのだが、都会でもアニメの放送が極端に少なく、さらに言うと俺の知る作品が一つもなかった。

それはもちろん、この都市の本屋やゲームセンターにも言えることで、知ってる作品はもとより、知らない作品ですらほとんど存在しなかった。やっぱり娯楽作品が少ない世界だ。

が、その半面魔法に関係する商品や参考書は充実しており、俺にはこれらの方がゲームよりも楽しいと感じるようになったのだし、正直そこまで悲観はしていなかったりする。

そしてその楽しい魔法や魔術、その技術の集大成とも言える一大イベントというのが――

§§§

「次！　三島商業高校の――」

「うわぁ……あと三人で私の番だよ……緊張するなぁ」

「確かに……ちょっと心拍数がやびゃあことになっちゅー」

「それどこの方言？　緊張しすぎだよユウキ君」

海上都市に滞在して早いもので三日。この日、ついに俺たちは魔術魔法における一大イベントとも呼べる『召喚実験』に挑むため、秋宮財閥の出資する実験施設に集まっていた。

新幹線の時とは違う。俺たちは北から来たのだが、今日ここにいるのは関西、九州、海外、そしてグランディアや元々都心に住んでいた学生までもが集まっていた。

周囲を見回せば、色とりどりの頭髪の学生の姿。中には背中から翼を生やした女子や、角の生えた男子の姿まである。本当に異世界とつながっているんだな。改めて強く実感する。

「辺境の連中が態々ご苦労なことだな。見ろ、あの男を。包丁を呼び出して項垂《うなだ》れている」

「うふ、将来はコックさんかしら？　まぁ、仕方ないわよ」

イヤン、そんな選民意識丸出しの会話、近くでせんでください。

今日は正式な実験ということで皆それぞれの学生服を着てきているが、隣の列でそんなことを話しているのは……まるで演劇の衣装のような、煌《きら》びやかな赤い制服を着た生徒だった。

都心か、ゲートの向こう側、グランディアの学生だろうか。

「次、ラッハール騎士養成アカデミア。レオン・ネイルディア」

「はい」

「うふ、期待しているわね？」

「ああ、任せろ」

ふむ、レオン君か。ハズレを引いたら思いっきり笑ってやろう。

しかし学校名から察するに……やはりグランディアから来た生徒か。

呼ばれた生徒は、ガラスのような物で覆われた小部屋、ちょっと大きい電話ボックスのような場所に入り、渡された術式の刻まれたプレートに魔力を込めるらしい。

あ？　電話ボックスなんて見たことない？　地元じゃ現役ですが何か文句あるか。

『では、召喚実験を開始してください』

透明ボックスの中でレオン君がプレートを掲げ、魔力を込めている。

するとそのプレートが強く発光、溢れ出た光の粒が彼の体へと吸い込まれる。

ふむ……体内に取り込まれるタイプか。さっきの包丁を引いた生徒は、普通に手に包丁が直接現れたのだが……ちっ、体に取り込まれた以上、何か当たりを引きおったな。

『レオン君、具現化してみてくれないかい？』

「ええ、わかりました」

既に自分の中に入った物がわかっているのか、彼は腕を振りながらそれを顕現させた。

美しいサーベルだ。遠目からでも逸品であるとわかるくらいの。

「グランディア産。今から約五〇〇年前にラッハール騎士団で実際に使われていたサーベルですね。僕の頭の中に情報が流れてきました」

『ほう、ロストウェポンを引き当てたのですね。素晴らしい。では、次——』

いーーなーー！　俺もそういうの引きたいなー！

なんだよ、それお前の学校の名前と同じじゃん。まさか所縁の品なのか？

「次！　聡峰高校のヨシカゲサトミ」

「は！　はい！」

すると、いつの間にか進んでいた列、俺の前にいたサトミさんの順番がやってきた。

俺、本当に手と足が同時に出るほど緊張する人初めて見たよ。

「レオン、流石ね？　うふ、そっちの子見て、ガッチガチ」

「ふん、まぁ気持ちはわかる。田舎から期待を胸に出てきて、それでゴミを引いたとなれば、恥ずかしくて地元にも戻れないだろうさ」

「うふ、そうかも。良かったわ、私もまともな物を引き当てられて」

相変わらず選民意識丸出しのムカつく美男美女がサトミさんを観察していた。

ええい、帰れ帰れ！　見せもんじゃねぇぞ！

『緊張しなくても大丈夫ですよ、痛いことはありません。プレートを持って掲げてください』

「は、はい！」

ボックスの中、彼女はプレートを掲げ、目を強く閉じ魔力を込める。すると……。

「……魔力が大幅に引き出されています、これは……」

「今年も、どうやら出てきたみたいですね、逸材が」

近くにいた研究員さんが小さく呟くのが耳に入る。

ボックスから溢れた閃光が、周囲を照らす。

そして黄金の輝きが、大量にサトミさんの体へと吸い込まれていく。

……はは、マジかよ……ウルトラレアでも引き当てたか、サトミさん！

「馬鹿な……あんな一般の娘が……」

「うふ、ちょっと嫉妬しちゃうわ」

さぁ、悔しがれレオン君。オラが村のさどみちゃんはすげぇんだ！　なんてな。

『サトミさん。今貴女が呼び出した存在は、顕現させることが可能な存在ですか？』

「あ、たぶん大丈夫です……インサニティフェニックスという魔物の雛みたいです」

彼女がその名を口にした瞬間、研究員たちが一斉にざわめいた。

なんぞ。グランディアの魔物の名前とか図書館じゃ調べられなかったんですが。

『……雛とはいえ神霊獣の魂を宿すとは……見せてください』

「はい！」

すると彼女の胸から、淡い赤の光が生み出され、それがカラスくらいの大きさの、美しい毛並みの赤い鳥へと変化した。へぇ……綺麗な飾り羽に嘴《くちばし》が漆塗りみたいな輝きを放っている。

確かに神々しい。すごいじゃん、サトミさん。

『素晴らしい。サトミさんはのちほど職員からお話がありますので、待機していてください』

「わ、わかりました」

フェニックスの雛が光と消え、彼女がボックスから出てくる。

ハイタッチ。やったな、希望通り小動物だ。想像よりも何百倍もすごそうだけど。

「ユウキ君……私、やったよ」

「うん、やったな！」

あーでもこれで同じ高校の俺が超ハズレ引いたらもう空気が完全に死ぬ！

ていうか俺の心も死ぬ！　そして警戒した様子のレオン君に大爆笑されそう！

頼む！　召喚獣とまでは言わない。せめて武器、とにかく日用雑貨だけは勘弁してくれ！

『次、聡峰高校の……ん？　君、待ちなさい』

「はい！　って、え？　なんです？」

『抑制バングルを外しなさい。規則です。召喚事故が起きる可能性もあります』

「え！　これ一度外したら効力消えちゃうんですけど……」

『規則ですからね。諦めるか外すか決めてください』

うそん！　そんなの聞いてないんですが！　最近三つに増やしたばかりだったのに！

……でもなぁ、外した方がいいモノ呼び出せるかもだし……。

「すみません、外します」

久々にバングルを外す。魔力を使っていない時なら外しても何も変わらないんだね、これ。

でも受験の時の実技も本気でやった方がいいだろうし……外し時だったのかね。

『では改めて。聡峰高校のササハラユウキ』

「はい！」

ボックスの中に入る。防音ではないが、だいぶ音が籠って聞こえてくる。

内部に取りつけられたスピーカーから、研究員からの指示が入る。

『では、プレートを掲げてください』

「はい」

『魔力を込め、感じ取ってください。貴方が呼び出す何かを』

俺はプレートに意識を向け――その瞬間、腕と頭に鋭い痛みが走る。

『っ！　ユウキ君！　中止です！　プレートを置きなさい！』

「は、はい！　で、でも手、手から離れません！　アア！」

プレートに手を引っ張られるような感覚がしたと思った瞬間、見えない力の奔流を全身に浴び、ボックス内の壁に叩きつけられた。なんなんだ⁉　俺は、俺は何を召喚した⁉

光がやむ。だが、何かが体内に吸い込まれるようなことはない。

失敗？　召喚事故？　一生に一度のチャンスを棒に振った……？

『これは……至急、主任を呼んできてください。この存在は……肉体を必要としている』

その言葉に顔を上げる。ボックス内を漂う無数の光が一つに集まり、光の玉になる。

……何かの気配がする。そこに何かがいる。生き物だ。光なんかじゃない。

「俺が……呼んだ……？」

呆然とそれを見つめていると、ボックスの中に白衣の女性が入ってきた。

少し冷たそうな印象の、迫力のある若い女性だった。

そのまま、坦々と彼女が話しかけてきた。

「……私の意思が、伝わっていますか？」

「え？　あの」

「君は黙っていて」

どうやら光に話しかけているらしい。

「言葉が、わかるのですね？」

返事をするように強く輝く。

「アナタは、肉体を得ることができます。意思を持つのなら尊重します。求めるのなら、どうか私の手にあるプレートの中に入ってください。アナタに相応しい肉体をご用意いたします」

すると、その光の玉は一瞬迷うように点滅した後……プレートへと入っていった。

「……神霊か、はたまた精霊か。キミ、私についてきなさい」

「あ、あの!?　いったい今のは――」

「ついてきなさい。途中で話すわ」

有無を言わさず歩き出す女性の後を追う。

口を開けて見ていたサトミさんや、尻持ちをついているレオン君の脇を通り抜けて。

§§§

「貴方が呼んだのは、貴方の中に入れない類の魂よ。そういう存在は体を生成するか、お帰りいただくかの二択なんだけれど……どうやら知性ある存在のようね。貴方の名前は？」

廊下を進みながら、彼女は少し早口にそう語る。

俺が……体を持つ使い魔を手に入れることになるってことか!?

餌代とかどうなんの!?

「名前は？」

「あ、ササハラユウキです！」

「そう。ユウキ君、誇っていいわよ。知性ある魂の持ち主はほとんど古い時代の存在。近代からはそういう存在は来ないの。貴方に従属することを拒まれたとしても、貴方は歴史的に価値のある存在を呼び出したからと、グランディアにある各国から報奨金が出るわ」

「従属拒否……ですか」

「当然よ。知性が低い存在ならまだしも、明確に言葉を介するだけの知能があるのなら、当然相手側の要求も受け入れる。だって死んだ存在を私たちの勝手で呼び覚ましたのだから」

そうか、そりゃそうだよな……もし、安らかに眠っていた存在なら……。

「ふふ、久しぶりね、実体を生み出すなんて。最後に知性ある存在を生成したのは……確か上位竜種だったわ。もしも竜種だったら、残念だけど従属は諦めることね」

「あ、はい。俺も流石にドラゴンの面倒なんて見られそうにないですから」

研究所をどんどん奥に進んで行っているのだろう。人を、見かけなくなった。

時折白衣を着た人間がこの人に頭を下げていることから、おそらく上の立場なのだろう。

多数のセキュリティを潜《くぐ》りようやく辿り着いたのは、ＳＦモノで出てくる悪の組織のアジトとでも呼べそうな場所。巨大な培養水槽のような物が並んでいる研究室だった。

「色々話しておかなくちゃいけないんだけど、先にこちらを優先させて」

彼女は、先程俺が召喚した魂をプレートから呼び出し、大きな水槽へと導く。

「この場所でアナタの肉体を生成します。魂に刻まれた姿を読み取り、最も生命力に溢れていた時代の肉体を再現します。ですからまたすぐ死ぬ、という心配はなさらないでください」

光が水槽内で強く点滅する。

「魔力を司る器官が初めに生成されます。そうすればもっと意思の疎通が可能となりますので、その時にアナタについて教えていただけると幸いです。この場所が相応しくないとお思いでしたら、さらに巨大な施設も用意できます。どうか協力していただけますようお願いします」

光が収まり、沈黙しているかのような時間が流れる。

「……休眠、かしらね。この存在にこの世界に呼ばれた理由を説明するのはもう少し後になるの。もしかしたら失礼にあたるかもしれないもの。過去にはとても気高い、有体《ありてい》に言うとプライドの高い霊獣を呼び出してしまい、いきなり『人間に隷属するために召喚させられた』と教えた結果、研究所がまるごと崩壊、死傷者多数、なんて事件もあったわ。まぁ日本の話ではないけど、昔研究を盗んで独自に召喚しようとして失敗した国もあったのよ」

「なんなんですかそれ、めっちゃ恐いんですけど」

「私の方が恐いわよ。こういう存在の対応は私に一任されているのよ？　お給料はいいけど」

何はともあれ、どうやら俺の召喚は失敗……って形になってしまうのかね。

従属拒否からの、この先一生召喚は無理。変わった能力を手に入れることもできず、か。

でも、報奨金も出るという話だし、大きな実績を得られたってことにはなるのか？

「――ねぇ、聞いてる？」

「あ、聞いてません！　ちょっと未来への不安で頭がいっぱいでした」

ごめんなさい取らぬ狸の皮算用してました。

「だから、詳細な連絡は三日後くらいになるから、後で実家の方に連絡入れるって」

「あ、そんなに時間かかるんですね。了解です」

「この相手がどんな大きさなのかわからないけれど、生体の竜なら一年、もう少し小型なら半年、もしも精霊種でそこまで大きくない存在、妖精や地精のような存在なら三週間。かなりバラバラだから、その辺りは留意しておいてね」

「わかりました」

「それとだけど、貴方自身にも興味がある。少しテストに協力なさい」

すると女性は、何やらスタイリッシュなバングルを取り出して見せた。

「貴方、既製品とはいえ魔力抑制バングルを三つもつけていたそうね？　だったらこれ、使えなくなった物の代わりに使いなさい。使い捨てじゃない特注品よ。抑制段階も変更可能。代わりに、高負荷を加えた場合に人体にどんな影響が出るのか、データを取らせてちょうだい」

「え！　いいんですか!?　願ってもないんですけど。あ、でも全身筋肉痛とかは勘弁です」

「たぶん半日眠くなる程度よ。仮にも召喚で霊魂を呼び出したんだし、普段からバングルつけていたみたいだし……負荷最大から開始で。徐々に緩めるから安心して」

「普通逆じゃないですかね？」

「ぶっちゃけ最大状態のデータが欲しいわけ。頑張ってね」

チキショウこの人綺麗だけど性格に難ありだ。


腕にバングルをはめられ、研究所内の訓練施設へと向かう。

ＶＲではない。学校にある訓練所と同じ、完全に生身で戦う場所。

曰く、グランディアに存在する魔術を使い、外傷を体力の消費という形に変換することができるらしく、安全面ではＶＲ以上という話だが……まさか使わせてもらえるなんて。

「相手は私の助手よ。一応プロのバトラーライセンスも持ってる人だから」

「は、はい！　よろしくお願いします！」

「うーっす少年。なんかいきなり準備して戦えって言われたんだけど、これどういう状況？」

「なんか、このバングルの実験らしいっす」

訓練所で待っていたのは、戦闘用スーツの上から白衣を纏ったおじさんだった。

年上が助手……よっぽど優秀なんですねあの人。あとおじさんすごいタバコ臭いっす。

「ああ、そゆこと。んじゃちょぃと攻撃するから受けてみて」

瞬間、おじさんが駆け寄り、外見からは想像できない鋭いハイキックを繰り出してきた。

待って俺の武器！　俺素手とか慣れてないんだが！

「どわ!?　ちょ、武器とかくださいよ！」

『どうせその状態じゃ満足に起動できないわよ、そのまま頑張りなさい』

「でも今避《よ》けたねぇ？　ちょっともう少し本気出すか」

繰り出される回し蹴りからソバット、カポエラもできるのか無理な体勢からの連続蹴り。

いつもより体が重い感じがする中、ギリギリそれをさばき、なんとか耐え凌ぐ。

「……ねぇ主任？　これで十分じゃないっすかねー？　なんかこの少年やばいっすよ。もうちょいバングルの効果強めたらどうです？」

『驚いたわね。それ、最大まで抑制中よ』

「は!?　じゃあ三〇個分抑制してこんだけ動けてんすか!?　少年お前もしかして特別な種族の血でも引いてる？　上位魔族とかホワイトエルフとかドラゴニアとか！」

「え、なんですかそれ。片田舎の純朴少年っすよ俺」

「マジかー純朴少年かーおっさんには眩しい存在だわー」

なんかノリいいですねおじさん。

『ちなみにバングル五つで成人男性が小学生と互角に戦うレベルまで落ちるって思ってちょうだい。三〇個となると……そうね、プロバトラーが幼児に負けるレベルかしらね』

「うっそ！　んじゃ俺って結構すごかったりするんですか!?」

『まぁ……前例はあまり多くないとだけ言っておくわ』

自分がちょっと特別な存在になれた気がして、少し気分がよろしゅうございます。

引き続きおじさんの蹴りを躱しつつ、なんとか攻撃を逸らそうと腕を出す。

うわめっちゃ痛い気がする。一瞬で腕の体力がなくなったみたいな疲労感が。

だが、それでも攻撃を逸らすことはできるみたいだ。

『やっぱりあの召喚の結果は伊達じゃないみたいね。保有魔力は……下手したらあの人たちクラス……ユウキ君、バングルの抑制を全て解除して戦ったこと、ある？』

「つけ始めてからは一度も。だって外したら使えなくなるんですよ？」

『それもそうね。じゃあ、やってみなさい。大丈夫、ここでは人は死なないから』

「何言ってんですか！　こんな実験付き合っていられるか！　俺は戻らせてもらう！」

『ドラマだとそう言うと死んじゃうのよ。いいから、戦ってみなさい』

バングルをいじり、抑制レベルをゼロにする。うわぁ……何カ月ぶりだこれ。

「んじゃ少年、俺も痛いのは嫌だから全力で逃げ――」

「あ……」

「え――マジ――か――」

『嘘……医療班、坂田博士を回収、治療にあたって。ユウキ君お疲れ様、戻ってらっしゃい』

一撃当てようと思った瞬間、俺の拳は既に助手のおじさんの腹に深くめり込んでいた。

戦闘用のスーツを素手で粉砕しながら……嘘だろ、なんだよこれ……。

§§§§

「普段からバングルをつけていたのは正解ね。生活に支障が出るレベルの身体強化だわ」

「あの、俺……さっきの助手さんは……」

「大丈夫よ。肉体の損傷は体力の消費に置き換わる。今は極度の疲労で爆睡中」

「あ、そうなんですか……いや、でも」

「責任は私にあるわ。それより……そのバングルを貴方にあげます。抑制レベルは一〇に設定、既製品五つに相当するわ。これなら年齢相応のいい訓練にもなるはずよ」

「本当にもらってもいいんですか？」

「ええ。ただ貴方こっちの学校を受験するんでしょ？　受かったら定期的に実験に協力して」

「それくらいなら……」

「良かった。では召喚した霊体に何かあれば連絡するわ。スマート端末の連絡先を教えて」

スマートフォンではなくスマート端末。呼び名が微妙に元の世界と違う。

言われるままにこちらの連絡先を通信で交換する。あ、本名ゲット。

「ニシダチセさん……よろしくお願いします、チセさん」

「名前で呼ばない。主任と呼びなさい」

「すみません、主任」

「よろしい。それにしても……聡峰高校ねぇ、私の実家に近いのよねあそこ」

「え!? そうだったんですか!?」

「そうよ。ちなみに君の引率と私、元同級生なのよね。だから出身地は同じ。まぁこれも何かの縁ね、無事にこっちの学校に受かるように頑張りなさい」

「は、はい。じゃあ……今日は色々とありがとうございました」

「はいお疲れ。じゃあ帰りは廊下にある緑のラインに沿って歩けば外に出られるから」

「了解です」

色々なことが起きたが……一先《ひとま》ず結果としては、受験で有利になるかもしれない実績ができたってことと、とても貴重な品を譲り受け、さらにコネまで手に入れたと見るべきか。

結果として東京に出てきたのは正解だよな、間違いなんかじゃなかったよな。

それに報奨金が出るのなら、オーダーメイドだって夢じゃないかもしれない。

「やばい、ニヤケが止まらない……サトミさんとアケミさんにも教えてあげないと」

§§§§

「あれは拘束用に改良した物よ……人体にどんな影響が出るのか見たかったのに、普通に動けていたなんて異常よ。他の連中には見せられない……ここで彼を教導できたらいいのだけど」

水槽に向かい、まるで語りかけるように研究主任が呟く。

平凡な学生が持っていていい力ではないと、誰かに利用されかねないと危惧していた。

彼女は研究者である前に、一人の大人。未熟な子供を食い物にする権力者をよく思わない、好奇心や知識欲よりも人道を重んじる人物であった。

そんな彼女が、そこまで危惧するユウキの行く末。

ただ……少なくとも子供を心配する大人が一人増えたのは間違いなかった。

尤も……それはもしかしたら、二人だったのかもしれないが。

水槽の中で静かに点滅する光『彼女』はいったい、何を思ったのか――

二章　その生きた証は

私は、幸せだったのだろうか？

この期に及び、いまだに確信を持てない自分が情けないとも思う。

けれどもそれだけ、やり残したこと……心残りがあったのだろう。

視線の下には、息を引き取った自分の体。

皺にまみれ、穏やかに眠るように目を閉じる自分の姿を見て、ようやく理解した。

ああ、それでも私は間違いなく幸せだったのだと。

ベッドの周囲に集まるたくさんの子供たち。自分の家庭を持っても私を母と慕うたくさんの子供たち。

血のつながりなんて関係ない。私は、これだけの子供たちに家族を作る喜びを伝えられたのだ。

だからそこに、私の人生に後悔なんて——

「後悔なんて……ふふ、本当にお婆ちゃんになったんですね私。六〇〇と四三年。随分と長く生きました。もしも次があるのなら……今度は自分で子供を産んで……違いますね、どんな形でも私は何度でも子供と共にありたい……人の温もり、家族の愛を教えてあげたい……」

家族と過ごす幸せ。子供と共にいる幸せ。

人の温もりを教え、教わり、共に歩む幸福。

私はそれを何度だって味わいたい。

子供が未来へ向かう手助けをすることが、自分の生き甲斐だったのだから――

体が、魂が天に引き寄せられる感覚がする。

部屋を抜け、屋根を抜け……建物が小さくなっていく。

園の外にも人が集まっているではないですか。

大げさです。老婆が一人天寿を全うしただけだというのに、なんですかこの騒ぎは。

天へと昇るのがわかる。そして――

§§§

「へぇ、じゃあ近々大金持ちじゃないのササハラ君！　ぜひこれからも秋宮カンパニーを御贔屓にね？　オーダーメイドを頼む時は私を通してね？　業績アップになるから！」

研究所から宿泊するホテルに戻り、今日の出来事を二人に報告すると、まず最初に食いついたのは秋宮の社員であるアケミさんだった。というか完全にセールス目的だなこれは。

「露骨に営業するのやめてくださいよ引率なのに。でもオーダーメイドかぁ……あ、東京で暮らすならアパートとか借りないとだし、その支度金とか……」

「良かった。落ち込んでいないか心配したんだよ？　召喚の恩恵が得られないみたいだから」

「いやぁ、このバングルもらえたからそれでチャラって思うことにしたよ。これすごい便利」

「確かうちで開発中の可変抑制バングルよね？　下手なデバイスより高いのよ、それ」

「うへ、マジっすか。大事にしないとなぁ」

「そういえば召喚の時にも言われていたけど、抑制って？」

「簡単に言うと魔力的な重りみたいな？　身体強化の効率を下げて、逆に発動すると疲れやすくなるんだよねこれ。トレーニングも兼ねて使ってたんだ」

「本来はコントロールが生まれつきできない人のための補助具よ。この子みたいな使い方は特殊なの。一部のプロバトラーがオフ期間の鍛錬でやるっていうのは聞いたことがあるけれど」

そう、なので俺も真似してみたんです。最初は魔法が使えないのも『コントロールができないくらい勢いよく魔力を出しているからなのでは？』って思ったんですけどね。

今では脳筋よろしく、ひたすら身体強化の練度上げのために使ってます。

「さてと。じゃあ召喚実験も無事に終わったし、明後日には帰ることになるけど……」

「あ、じゃあ明日は自由行動になるんですかね？　近くの武器屋見に行きたいんですけど」

「それなんだけど……ごめんなさい、海上都市のショッピングエリアは明日だけ封鎖されることになっているのよ。このホテルの中にもデバイスショップはあるから、ダメ？」

「え……？　封鎖って、何か事件ですか？」

「ユウキ君テレビ見てないでしょ？　たぶんニュースでやってると思うよ」

するとサトミさんが部屋に備えつけのバカでかいテレビをつけニュース番組を映し出した。

ああ……この大画面で美しいグラフィックのゲームがやりたかった……。

『――から会談が続いておりますが、関係者によりますと議論は平行線と言われています。さて、そんな議論とは裏腹に代表団同士の家族仲は深まっているようで、なんと明日セリュミエルアーチ王国の第二王女ノルン・リュクスベル・ブライト様が海上都市でショッピング――』

「ほらこれ、明日異世界のお姫様がお買い物するんだって。安全のために区画封鎖するって」

「ほほー……お姫様ともなるとそこまで厳重になるんだねぇ」

「そりゃそうよ。それに同行者は秋宮財閥の総帥の妹様よ」

「ま　た　秋　宮　か」

まぁもうそういう世界だって納得してるんですけどね。

楽しみの一つであった異世界産の武器屋めぐりという希望が打ち砕かれた俺は、ちょっぴりガッカリしつつ、ショッピングエリア以外で武器屋がないか調べようと心に誓ったのだった。

§§§

「おはよユウキ君。ほら見て名前つけたんだ、ピコルっていうの。昔飼ってたインコの名前」

「インコがフェニックスに生まれ変わったとな。可愛いと思います。ちょっと羨ましい」

「ふふ、ごめんね？　でも嬉しくってさ……どこでも一緒なんだもん」

朝起きると、既に朝食のビュッフェに出かけたアケミさんの姿はなく、朝は食べない派というサトミさんだけが部屋に残っていた。

小さなフェニックスと戯れている姿は、非常に魅力的であります。微笑ましい。

なお、俺は昨日の実験の影響があったのか、微妙に体調が優れないので朝食はパス。

「今日は自由行動だけど、どうする？　私はホテルの中の本屋さんに行く予定だけど」

「俺はちょっと出てこようかな。ショッピングエリアの外にも店はあるっぽいし」

「あ、そっか。でも危ないかもしれないよ？　警戒して封鎖してるのなら、警戒されるだけの理由もあるってことかもしれないんだし」

「うーん……でもなぁ。大丈夫、暗くなる前には戻るよ」

「そう？　じゃあ気を付けてね？」

実は昨日ネットで調べてみたんです、グランディアで使われている武器について。

基本構造はこちらのデバイスと同じ。魔力で攻撃力を高め、特殊な術式で殺傷能力をスタン効果に変換するのだとか。もちろん、調整次第では殺傷能力を高めて使うことも可能だ。

違法だが地球産のデバイスもリミッターを外せば殺傷能力を高められるらしい。

「昨日、隣の列に異世界の学生がいたでしょ？　武器を召喚していたから俺も欲しいなって」

「あー……ごめん記憶にないや」

こやつ、意外と大物なのでは。

§§§

ショッピングエリアと呼ばれるくらいなのだから、きっとその一帯は店だらけなのだろう。

だが、きっと他の区画にも店の一軒や二軒くらいあるだろう……と思っていた時期が僕にもありました。まったくないわ。精々どこかの会社がガレッジセールやってるだけでしたよ。

「うーん、異世界の品を扱う店か……ショッピングエリアになら何軒かあったと思うけど」

「やっぱそうっすよね。すみません、色々聞いちゃって」

「いいよいいよ、こっちもいらない備品を処分できたし」

で、そのガレッジセールでお買い物。筆記用具とか業務用のリュックとか結構いい物が格安で手に入りました。丈夫だし、通学用のカバンにしよ。

「あ、ちょっと君！　店を探しているって言ってたけど、質屋はどうだい？　もしかしたら面白い物が流れているかもしれない。確かショッピングエリアの隣の区画だったはずだ」

「え！　本当ですか！　ありがとうございます！」

「今地図データを……よし、これだ。この場所にあるから行ってみるといい」

聞いてみるもんだ。早速、教えてもらった場所へと向かうことにした。

やはり厳戒態勢に入っているせいか、昨日までに比べて明らかに人の数が少なかった。

まぁ海上都市の外にも店はたくさんあるのだし、観光客はそっちの方に流れたのだと思うが
……俺はね、どうしても見てみたいの。異世界の品という物を！

そうして歩くこと三〇分、目的の場所に辿り着く。

細い裏路地を進んだ先という、いかにもな雰囲気のそのお店。

ドラマだとこういう場所にヤのつく自由業の人の事務所とか、怪しい人がいるんだよな。

「えーとなになに？『貴方の半身お金にします』なんとも物騒な。臓器でも売れってのか」

辿り着いたお店。そんな謳《うた》い文句の書かれた看板に引きつつも、店の扉に手をかける。

「あれ、開かない」

ガチャガチャしても開きません。Closed の札も下がっていないのに開きません。

するとその時――扉そのものから声が聞こえてきた。

『今日は臨時休業だとよ。帰んな』

「うお!?　喋った!?」

『おう、喋るぞ。帰れ帰れ、子供が買えるような品もそもそも扱ってねぇ。ワリィな』

これも一種の異世界の品……？　それとも精霊とかいうやつだろうか？

随分口が悪いというか口調が荒っぽいが……ちょっと感動。

すげぇファンタジーしてる……ハリー〇ッターみたいだ！

「すげえ気になるけど、やってないなら仕方ないな。またいつか来るよ」

『おう、稼げるようになったらまた来いや。じゃあな』

路地裏の最深部にあるファンタジーな質屋……すごい浪漫が溢れているじゃありませんか。

立地的にはそれこそ、ショッピングエリアの真後ろ。何かしらの店の裏口が並ぶ通りだ。

いやぁ、買い物はできなかったけどいい物見れた。俺、いつかあそこで買い物してやる。

そう思いながら路地を抜けようとした時、突然真横から強い衝撃を受け吹き飛んでしまう。

「いってぇ！　なんだ!?　おい誰だよいきなり！」

「ちっ、人がいやがったか」

どこかの店舗の裏口が勢いよく開いたのだろう。めっちゃ痛い、キレそう。

「謝れよ、誰かいたら危ないって考えないのかお兄さ――」

その時、扉を開いた男の手に起動済みのデバイスが握られているのが目に映った。

っ！　まさか強盗!?

すかさず距離を取り、逃げる準備をする。やべ、サトミさんの忠告に従っときゃ良かった。

やっぱ今日は危ない日だったのか。

「ワリィが、ちょっと眠ってもらうぞ」

「強盗……だと思ったけど、お連れさん、なんかでっかい袋担いでません？」

逃げる隙を窺おうとしているうちに、扉からもう二人ほど、今度は覆面の男が現れた。

その二人は大きな袋を担いでいる。まるで……人間にかぶせたかのような形の。

「あー……俺も覆面かぶっときゃ良かったかね。坊主、やっぱ寝るんじゃなくて死んでくれや。

任務はどうでもいいが、俺の顔見られるのは予想外だったわ」

「だったら初めから覆面してくださいよ、理不尽すぎませんかね」

「そりゃ確かに。よしわかった、記憶がぶっ飛ぶくらいボコるので勘弁してやる——よ！」

そいつは勘弁。お喋り好きで助かったよ人攫《ひとさら》いさん。

バングルの抑制を外し、ラフな格好で腹筋をチラ見せしてる誘拐犯に拳を叩き込み——

「ヒュウ、なんだ坊主、お前やるねぇ？」

「な⁉」

防がれていた。デバイスではない、本物の片手剣で。

そしてもう片方の手にはデバイス。見たところボウガン型のようだ。

「……お前ら、先に行っとけ。適当な場所で撤収。姫さんはまぁ……適当にな」

「姫さん？　おいおいおい、まさかアンタらそれ！」

「っと、悪いな、オラァ！」

剣の薙ぎ払いと、間髪入れずのヤクザキック。

それを防ぎつつ、今度はなんとかこの路地を抜け出そうと壁を蹴り、屋上めがけて逃げる。

だが——追いつかれ、空中で蹴り落とされてしまった。

なんとか身体を強化し、地面に墜落する衝撃に耐える。

「ダメージゼロか。やるねぇ坊主。こりゃ俺も途中で引き上げることになりそうだ」

「……いや、たぶんもう引き上げることになると思うっす」

「あん？」

次の瞬間、路地の外から大きな金属音が鳴り響いてきた。

壁蹴りでも逃げられそうになかったんで、ちょっと途中でビルに設置されていたエアコンの室外機を一つ……盛大に外の通りに向かって放り投げておいたんですよ。

この辺りは今日厳重な警戒がされてんだ。物音に気が付いて警備も集まってくるだろ。

……正直、こっちは素手なのでこのままこの相手と戦えるとは思えない。

一方的に命の危険に晒されながら戦う覚悟もありゃしませんよ。

だが……好き勝手やらせるってのも癪《しゃく》に障るんだよ！

「隙あり！」

「どわ!?」

瞬間、今度こそ綺麗に割れた腹筋に一撃叩き込もうとするも、またも剣で防がれてしまう。

だが――ざまぁみろ、その剣くの字に曲げてやった。

「はぁ!?　おま、お前どんだけ……くそ、今日はここまでだ。じゃあな坊主」

「ああ、早くどっか行ってください」

「追いかけねぇのか？」

「だって恐いし。それに……お兄さん最初から俺のこと殺す気なかったでしょ」

「……まぁな。こんな狂言じみた任務でカタギの人間殺すなんざ主義に反する」

「さいですか」

そう言うと男は、瞬く間に壁を蹴り屋上へと消え、路地裏から完全に消え失せた。

今から……間に合うかな。あの連れ去られた人の方には。

正直このまま逃げ出したかったんですけどね、流石に寝覚めが悪いっていうか……もしも本当にお姫様だったら……取り返しのつかないことになりそうなので。

§§§§

「……人がいないからわかりやすいな！」

前方、大きな袋を車に詰め込む二人組発見。ダッシュで車に飛び蹴りをくらわせる。

激しい衝撃と共に運転席のエアバッグが発動し、運転が困難な状況になる。

すると間髪入れず、先程の室外機の出す騒音に付近の警備員が駆けつけてきた。

「覆面ズ出てきなさい。誘拐は失敗ですわ、もう逃げきれないんで諦めなされ」

「……」

運転席と助手席の二人が無言で動かずにいる。なんだ、どうするつもりだ？

すると次の瞬間、俺の背後から無数の光の矢が現れ、車の前部分を正確に貫いた。

「被害者を確保しろ！　反応は後ろだ！」

「発見しました！　睡眠魔法を受けている様子です！」

「了解、すぐに治癒師に回せ！」

背後から警備員が駆けつけたと思ったら、瞬く間の逮捕劇……いや、殺したのか、犯人を。

あっという間に犯人たちが跡形もなく消え、後部座席から袋を取り出す警備の人間。

……魔法、すげぇ。車の爆発の危険とか考えなくても正確に犯人だけ狙えるのか……？

「君、この車を足止めしていたね？　何を知っている」

「あ！　あの、違うんです！　俺、変な男に襲われて――」

たぶん、俺はあの男より、むしろ警察関係の人間に疑われるのが恐かったのだろう。

全て、事のあらましを全て洗いざらい吐き出すのだった。

§§§§

取調室。まさか実際にお世話になる日が来るとは思ってもいませんでした。

海上都市にもしっかり警察署があり、その特殊な土地柄故に大変立派な建物でした。

そして取調室も非常に厳重で物々しく、正直今も心臓がバクンバクンです。

「確認が取れたよ。確かに君は巻き込まれた……それどころか犯人一味と交戦もしていたね」

「あ、監視カメラとかあったんですね!?」

「建物の内部にね。君、随分高く跳べるみたいだね。七階のオフィス内にあるカメラにばっちり映っていたよ。室外機を壊す瞬間もね？」

「あ……あの……器物破損罪とかに……」

「いいや、あれは非常事態だった。実際、そのおかげで無事にお姫様を保護できた。君は何も悪くない。ただ、上からの指示でね、君を今すぐ帰すわけにはいかないんだ」

取り調べ担当の刑事さん？　それともSPか何かだろうか。立場役職共に不明のおじさんが、ニコニコしながらも、申し訳なさそうに話してくれた。

よ、良かった……これで前科持ちになっちゃったらもう受験どころの話じゃない。

「君強いんだね。機動隊やゲート警護隊に興味ない？　今、専門学校の願書受付中だけど」

「まさに受験対策で東京来てたんです。ごめんなさい、そっちの進路に行く予定ないんです」

「んーそっか。でも、いつだっていい。君みたいな子は歓迎するよ。はい、これ名刺ね」

「あ、どもっす……『海上都市警護部司令』さんですか……」

「そ、結構偉い人。でも、そんな僕よりずっと偉い人が、君をまだ帰しちゃダメってね？　ごめんよ、お腹空いていないかい？　なんならテレビみたいにカツ丼取ろうか？」

あ、食べたい。ようやく体調も戻ってきて、お腹空いてきたんです。

まさか本当に『お願いします』と言われるとは思っていなかったのか、面食らいながらも注文してくれる司令さんでした。


「あーうまぁ……衣ザクザクでほどよく汁を吸って……卵めっちゃ味濃いしトロトロだぁ」

「美味しそうに食べるねぇ。おじさんも食べたくなってきちゃった。今夜行こうかな」

「絶対食べるべきっすよ……近所の格安チキンカツ弁当とは比べ物にならないっす」

「ははは、まぁねぇ。それ、接待で使う料亭で作ってるやつだからね」

あーなるほど。そういう店でもカツ丼ってあるんだなぁ……幸せ。

幸せを噛みしめていたその時だった、この至福の時間を中断するノック音が。

「どうぞ入ってください」

「あ、やべ、食っちゃわないと」

急ぎかっこむ。が、次の瞬間現れた人物を見た瞬間、むせて呼吸が止まってしまった。

……ん、なんとかセーフ。飲み込んだぞ。

「あ、お食事中でしたか？　申し訳ありません、また時間をおいて——」

「い、いえいえ！　大丈夫です、すみませんこちらこそこんな場所でご飯なんか食べて！」

現れたエのはル、昨日フ、エルフだエルフだテレビで見た姿とエルフだエルフだ変わらない、グランディアからエルフだ生エルフだ来たというお姫様ご本人だった。

思考がやばいことになってる。直に見る生エルフのお姫様にもう脳がダメになった。

うっひょう本物だ！　めっちゃ美人！　ゲームのリアリティなんてもうかすんじゃうね！

生エルフ生エルフ生エルフ！　綺麗すぎるでしょ！

「初めまして。私の名前は『ノルン・リュクスベル・ブライト』といいます」

現れたお姫様は、俺のために美しいお辞儀をしながら自分の名前を名乗ってくれた。

「は、初めまして！　ササハラユウキと申します！　どうしてこんな場所にお姫様が……」

「貴方が、私を救うために戦ってくれたと聞きました。ぜひ、直にお礼を言いたくて、こうして無理を言ってしまいました。申し訳ありません。そして……」

ノルン様は、その美しすぎる顔を悲しげに歪ませてしまう。

誰だ！　そんな顔させているのは！　たぶん俺だ！

「本当にありがとうございました。本来であれば大々的に感謝状を差し上げ、褒章を授けたいところではあるのですが……今回の件は内々で処理されることになるので、それも叶いません。ですから、何か望みがあれば叶えられる範囲で、と」

「いえ、そんな……お礼なんていりません。ただの学生ですし……」

「いえ、ですが……」

「本当に大丈夫ですから……畏《おそ》れ多くてそんな」

今望みを言ったら欲望駄々漏れしそうなのでなんも言えねぇ……。

耳触らせてとか耳触らせてとか。あ、でもせめて写真だけでも……。

「……あの、記念にツーショット写真を、っていうのはダメですかね？」

「ちょ、ユウキ君？」

「写真ですか？　それだけでいいのでしたら……構いませんよ。あ、でもインターネットなる場所に載せるのはダメですよ？　お友達に見せるだけに留めてくださいね？」

そう言いながら、ノルン様がはにかみながらウィンクをしてくれました。

待って心臓止まる。キュン死する。この先一生異性にときめくことなくなりそう。

「ふふ、では……司令さん、お願いできますか？」

「は、はい……いいのですか？」

「ええ、それが彼の望みでしたら」

「うわぁ……言っておいてなんですけど、本当にいいんですかね？」

「ええ、私にとってもいい記念になります。あ、司令さん、私の端末でも撮影してください」

「わ、わかりました」

立ち上がり、ノルン様の隣へ。やばい、召喚実験の一万倍緊張してる。

すると司令さんが端末を構え、お約束の『はい、チーズ』の合図をした瞬間――

腕をノルン様に引かれ、腕を組む形で写真を撮られてしまった。

やばい、俺今日ここで死ぬかも。

「ノルン様、流石にそれは……」

「いいではありませんか。これできっと思い出に残ってくれるはずです。ユウキ様、今回のことは表沙汰にはなりません。ですが、私は今日のことを決して忘れないと誓います。ですから、ユウキ様も覚えておいてくださると嬉しいです」

「あ……はい……これだけは忘れないと思います……」

そこから……ホテルに戻るまで、俺の記憶は飛んでいってしまったみたいです……。

§§§

「よろしかったのですか？」

ユウキが去った警察署。その応接室にて、ノルンと司令が密談を交わす。

「と、言いますと？」

「彼をあっさりと解放して、です。国で保護をするか、詳しい取り調べを行うか、そちらとしてももう少し彼を拘束しておきたかったのではないですか？」

「いいえ、彼はただの恩人であり……学生です。それは貴方たちが調べてくださった通り。いいのですよ、私も来年からは彼と同じく『ただの学生』の身になりますから。同じ立場の人間をどうこうするのは気が引けるんです」

「……そうですか。彼は一般人ですからね、その方がいいかもしれません」

「ええ。それに、通う学び舎《や》は違っても同じ学生同士ですもの。『実は地球の学校に友達がいる』って、なんだかすごく素敵じゃないですか？　本当に普通の学生みたいで」

まるで子供のように、無邪気に微笑みながらノルンは語る。

それはまるで、憧れの『普通の学生生活』を夢見るように。

§§§§

「アケミさん、ユウキ君どうしちゃったんです？　戻ってからずっと魂抜けたみたいで……」

「さぁねぇ……何かあったみたいだけど……」

「あー……お気になさらず……」

「明日帰るんだよ？　外でお目当てのお店が見つけられなかったのなら、せめてホテルの中で買い物してきた方が良くないかな？　お土産とか必要じゃない？」

「あー……そうだね。んじゃちょっと行ってこようかな」


お姫様、ノルン様……可愛かったなぁ……眼福すぎてこの後何か不幸でも起きるんじゃないかって不安になってしまうほどですよ。

ううむ、あれでもう三〇歳超えているとか、エルフの寿命って相当長いんだろうなぁ。

ぱっと見俺と同年代くらいにしか見えないのに。

それにしても……誘拐か。あんな超がつくＶＩＰを狙った割には計画がずさんすぎやしませんかね。逃走経路の人払いとか、逃げるための足とか。そもそも三人だけなのもおかしな話だ。

「ふぅむ……一人だけ顔を出していたのは用心棒だったのかね」

そういえば、あの腹筋チラ見せ兄貴も剣とクロスボウ、つまり遠距離武器だったたな。

この間ホテルで手合わせしたお兄さんといい、あのスタイルって流行ってんのかね。

「あったお土産屋。すみません、何かおすすめ――グランディアで人気のお菓子ですか？」

とりあえず、適当に友達に配るために三〇個入りの飴玉買って帰りますね？

§§§

多少のアクシデントに見舞われはしたものの、俺たちの召喚実験が終わり地元へと戻ることができた。僅か一時間半で戻ってこられる辺り、この世界の移動手段は相当発達してるな。

「あーやっぱこっちは幾分気温が低いんだね。やっぱり北にある分」

「そうだね。じゃあ私はここで家族を待つので失礼します。引率、ありがとうございました」

「どういたしまして。また今度、訓練施設で会いましょうね」

駅でサトミさんと別れ、俺はこのままアケミさんの車で高校まで乗せてもらうことに。

先生への報告と、夏期講習を受けているであろう友人たちにお土産（飴玉）を配るつもりだ。

ほら、頭使うと糖分が欲しくなるって言うじゃないか。

車に乗り込もうとした時だった。誰かに呼び止められたような気がした。

「ん？　今何か言いましたか？」

「いえ？　聞き間違いじゃないかしら」

「そうですか？　やっぱり疲れてるのかもしれないですね」

「車で少し横になってなさいな。高校に着いたら起こしてあげるから」

なーんか視線を感じるような、変な雰囲気感じたんですよね。

そのまま本当に車の中で眠り、高校の前で起こされた俺は、職員室で担任に召喚の結果を簡潔に報告し、その足で学食に向かうことにした。お昼時だしな、誰かしらはいるだろう。

そういえば北海道旅行に行くって言っていた友人たちはもう出発したのだろうか？

「ササハラ、戻ってきたのか？」

するとその時、背後からお声がかかる。声の主は――

「ショウスケ。今日も自主勉強か？」

「いや、今日は進学先の教授がここで会いたいと仰ってな、それでさっき面会していたんだ」

「なるほど。入学後についての話とか？　流石特待生」

「茶化すな。入学後のゼミ、進路について今から話を聞いておきたいそうでな」

「なるほど。あ、そうだショウスケにもお土産。つってもグランディア産の飴玉だけど」

「飴玉？　グランディア産のか？」

「そう、飴玉。何故か人気商品だったらしいから。しょぼくて悪いな」

「いや、丁度甘い物が欲しかったところだ……ふむ『女神のつまみ食い』というのか」

袋に女神と思われる女性が飴玉をつまみ上げているシルエットが描かれていた。

何かのブランドか、それとも逸話がある由緒正しい品なのかは知らないが。

「お、綺麗な青色だ。ソーダ味かな？」

「……違うようだな。花の香りがする。ああ、でも確かにソーダっぽいか？」

意外と美味しい飴玉を二人でカラコロと舐めながら、ショウスケが質問してくる。

「召喚実験、行ったらしいな。結果はどうだった？」

「んー……大成功とも言えるし、召喚事故とも言える、複雑な結果だったよ」

俺は、召喚実験で起きた出来事をショウスケに語る。

召還した相手が、おそらく従属を拒絶すること、そして引き換えに巨額の大金を得ることも。

「それは……すごいじゃないか！　拒絶されるかもしれないとはいえ、そんな物を呼び出したという結果は変わらない。すごいな……それだけお前には力が眠っている証拠だ」

「はは、そう言ってもらえると悪い気はしないな。ショウスケも受けたら良かったんじゃないか？　きっと即戦力になりそうな物が召喚できたと思うぜ」

「どうだろうな。ふむ……魔法の補助をしてくれる何かであると助かるが」

そんな他愛ない話をしながら、そろそろ勉強をするからというショウスケと別れる。

別れ際に『夏期講習を受けている人間にも配っておく』と言うので飴玉を預けておいた。

……美味しかったので、もう五つほどいただいておきました。数が足りなくなったらすまん。

「……ん？　あれ？　気のせいか？」

帰り際、再び誰かに話しかけられた気がした。感覚が過敏になっているのか、人の気配や視線のようなものも感じるのだが、やはりどこにも人の姿はない。

……お盆も近いし？　いやいやいや、流石にそんな……でもこの世界って魔力とか色々ファンタジー混じっているし……？　もしかして幽霊とか普通にいたり……？

§§§

「ふぅ、たった五日空けただけなのに結構雑草伸びてるなぁ……」

久々の我が家は、夏の日差しのせいで育てているわけでもない雑草を見事に成長させていた。

一先ず目につく場所の雑草をブチブチと抜き取り、いざ家の中へ。

家に入った時が、ある意味では唯一自分が自分に戻れる時な気がするな。

まず初めに仏壇に向かい、薄っすら積もった埃を払おうと息を吹きかけると、つい勢い余って線香立ての中の灰まで巻き上げてしまい盛大に目に入ってしまった。

「うぇっぷ、ぺっぺっ！　俺のバカ……擦っても取れねぇ……風呂入ろ」


そんなわけで風呂上がりの一杯。未成年なのでたとえ人の目がなくとも法律は厳守します。

若者の強い味方、エナジードリンクをあっという間に飲み干し、仏間で横になる。

うん、畳っていいわ。豪華なホテルで過ごす時間も素晴らしかったが、やはりこっちの方が落ち着く。ああ、悲しきかな庶民感覚。開放した縁側から吹き込む風が心地いい。

「夏休みが終わるまで……このバングル使って暫く自主練の日々かね」

思い出されるのは、あの誘拐事件で遭遇した犯人の一人。

全てのリミッターを外した状態ですら、仕留めきれなかった得体の知れない相手。

別に最強を目指しているわけではないが、それでも……自分が勝てない相手がいるというのは、どうしようもなくこちらの……懐かしのゲーマー的思考を刺激してくるのだ。

「……負けイベでも、勝てそうなら勝てるまでレベル上げするタチなんだよ、俺は」

§§§

「こんにちは。今日も一方的に話しかけているだけですが、この世界のことを――？」

現在チセが抱えている最も大きな仕事。知性を持つ霊魂に語りかけるという日課が妨げられる。

それも、ここにいたはずの霊魂が消えているという非常事態によって。

「う、うそ!?　出られるわけが……ああ、もう！　どうなっているのよ！」

§§§

ここはどこなのか。私はどこに連れてこられたのか。

体をもらえるという言葉を聞いた。けれども私とつながっている誰かが遠くへ行ってしまうのを感じ、そちらを追いかける方を選んでしまった。

なんなのだろう。まさか、未来だとでも言うのでしょうか。

見たことのない背の高い建物が無数に伸び、まるで競い合うかのように天に向かう世界。

海の上に浮かぶ巨大な街に途方もなく長い橋。そして信じられない速度で離れていく誰か。

この速度……竜にでも乗っているのでしょうか？　追いかけなくては。

やがて、少しだけ自然の景色が増えてきた頃、ようやくその誰かの反応が止まる。

見つけた、あの少年だ。確かに私とのつながりを感じる。

(私を呼んだのは君ですか?)

声は出ないとわかっていても、私はこの少年に話しかける。

ニコニコと笑う少年。けれども、私にはどこか影があるように見えた。

(……何故私を呼んだのですか?)

彼に、少しだけついていくことにした。

先程までよりは速度が抑えられていますが、それでも馬車よりも速い乗り物に乗る少年。

そんな彼が辿り着いた、大きな砦のような場所。彼は兵士なのでしょうか?

……言葉は私にもわかる。けれども……私はこういう建物を見たことがありません。

やはり、私の生きた時代よりも遥か未来なのでしょうか。

やがて再び彼は歩き出し、またしてもすごい速さで動く鉄の蛇のような乗り物に乗り、段々と人気《ひとけ》のない方へと向かっていく。

道が、一枚の石畳のようにつながっています。これは知っています、セメントという物です。

生前も、道を作るために新たに生み出されたこの不思議な物を見たことがあります。

そんなセメントが途切れ、砂利道を進んで行き、やがて彼は一軒の家に辿り着きました。

慣れた手つきで雑草を抜き、家の周りを片付けていく。

いい子ですね、きっと親御さんの教育のたまものなのでしょう。

ふと、周囲が気になった私は、この家の周りを見て回ることにしました。

私が呼ばれた無機質な場所に比べると、幾分親しみの持てる自然の多い環境。

川も近くに流れていますね、なるほど、いい場所です。

家に入り込むと、何やら黒い艶やかな祭壇のような場所で、少年が目を擦っていました。

泣いていたのでしょうか？　何か、悪いことでも起きたのでしょうか？

なんだろう。どうしたのだろう。その祭壇はなんなのだろう。

どうやら祭壇には精巧な絵姿が三つ、飾られているようですが。

やがて少年が入浴に向かう。流石についていくわけにもいかず、祭壇を調べてみることに。

するとその時、私以外の何者かの存在を……感じました。

『どちら様ですかいの？』

何者かの問い。老婆の霊魂でしょうか？　ですがそれに答える術《すべ》を、私は持っていない。

『お話もできんのかい？　ユウキが連れてきちまったんかね』

ユウキ……確かあの少年の名前です。

私は、ただ心の中で『違います』と念じてみる。

『んん、そうなのかい？　私はあの子の祖母だよ。悪いもんじゃないならそれでええ』

祖母、つまり既に亡くなっている。この絵姿の主なのでしょう。

なら……もう一人の絵姿の老人は、彼のお爺さんなのでしょうね。

だとしたらさらにもう一人は……父親、なのでしょうか。

ではきっと、ユウキ君はお母様と二人暮らしなのですね。

『おーおー……水も替えて花も替えて……しっかりやってくれてるわ』

嬉しそうな言葉。なるほど、ここは亡くなった家族を祀《まつ》る小神殿ということですか。

亡くなった後も自分の家族をこうして頻繁に思うことができる優しい少年。

私は強く思う『とても、いい子ですね』と。

『そうだろうそうだろう。あの子は立派さ、まだ一七だってのに、一人で頑張って生きているんだ。昔と違って今は助けてくれるお役人さんがいるけれど、それでも大したもんさね』

（一人？　お母様と二人で暮らしているのでは？）

『そんなやつはいないね、夫が死んだ時だって顔を見せにも来なかった。あの子を産んですぐに消えちまったよ。アタシの息子は赤ん坊のユウキを連れてこの家に戻ってきたんだ』

（まぁ……でしたら、きっと貴女たちが彼を優しい子に育てたのですね）

『へへ、照れちまうねぇ。アンタ、悪いもんじゃあなさそうだ。もし良かったら……アタシの代わりにこの子の様子、見ておいておくれよ。そろそろアタシも……消えてしまうみたいでね。これが生まれ変わりってやつなのかねぇ？』

生まれ変わる。それは……もしかしたら今の私のような状態を指すのでしょうか。

祖母を名乗る気配がふいに遠くなる。お別れなのだろうと、私も心の中で別れを告げ、そして――自分が呼び出された場所に戻ることを決意する。

体を得られると言っていた。ならば……見守ろう。こんな形ではなく、しっかりとそばで。

何故だろう。私もこの少年を見守りたいと思う。それに何よりも……一七歳なんて私の種族ならまだまだ幼子ではないですか。種族は違えど、彼はまだ小さな子供。

それもたった一人。そんなの……放っておけるわけ、ないじゃないですか――

§§§

「うおっと、いつの間にか寝てた！」

畳の香りと微かな風が心地よく、気が付けば座布団を枕に眠ってしまっていた。

安かったからつい買ってしまった風鈴が軽やかな音を奏でる。

外を見てみると、すっかり夕焼け空に変わっていた。

微かに、花の香りがどこからともなく漂ってきている。お供えの花じゃあ……ないなぁ？

「おっと、早いとこ弁当屋に行かないと。今日はちょっと贅沢に……ステーキ御膳にしよう」

あーあ、そのうち自炊の練習もしなくちゃいけないよなぁ。

§§§

あの日、召喚実験が終わってからは特に夏休みらしいイベントなんて俺には起きなかった。

研究所の主任からの連絡もなく、もしかしたら肉体の生成が難航しているのかもしれない。

そうして一日一日と夏休みの残りが少なくなり、残り一〇日を切ったその日、今日も今日とて訓練施設で体を動かし終えて戻ると、スマート端末に不在着信の通知が残されていた。

「あ、ニシダ主任からだ。ってことはいよいよ意思疎通が取れたって連絡かな」

緊張気味にかけ直してみると、二コール目が鳴る前に通話が始まった。

『ユウキ君ね。貴方……やってくれたわね……』

「えっ！　いきなり恐いんですけど!?」

俺、何かやっちゃい——いや、なんとなくこのフレーズはやめておこう。

しかし、何をやってしまったのか……まさか実験に協力してくれた助手さんの容態が!?

「も、もしかして助手さん……重体だったんですか……？」

『は？　ああ、違う違う。貴方が呼び出した存在の話。あのね、黙っていて悪かったんだけど……貴方がそっちに戻った日から、二日ほど消えちゃっていたのよ……あ、安心して。今はここにいるし、意思疎通もできているから。ただ……話してみて判明したんだけどね』

良かった、俺が何か悪いことをしてしまったわけじゃないようだ。

それにしても消えていたって？　そんなポンポン逃げられるものなんですかそれ。

まぁ戻ってきてくれたみたいですが。して、何が判明したんですかな？

『貴方が呼び出したのは……古代エルフ。紛れもない人類よ。貴方は人間の魂を呼び出してしまったわけ。こうなると色々面倒なことになってくるから、近いうちにそっちへ行くわ』

「え、は!?　エルフ？　人類!?　え、そんなことってあるんですか!?」

『大きい声出さない。ええ、ありえるわ。ただ……これまで肉体を必要とする人の霊魂を召喚した事例は……公にはされていないわ。だから問題なの』

人間……いやエルフか。しかしそれなら従属なんてさせられるわけがないではないか。だって人だし。そんなのこの世界の法律が許すわけがない、倫理的に問題だ。

『そうね、明日そっちに向かう。住所教えてちょうだい。直接出向くわ』

「うぇ!?　あ、わかりました」

そのまま住所を伝えると、すぐに通話が切れてしまった。

エルフを、俺が？　それに古代エルフってなんだ？　普通のエルフとは違うのだろうか。

……もしかして、本当に俺は死者の眠りを妨げてしまったのだろうか。


翌日。午前一〇時、予定ではそろそろニシダ主任が来る時間だ。

東京からこっちまで来るなんて、元の世界ならそう易々と即決できないと思うのだが、この世界だと一時間半で来れちゃうからなぁ。

するとその時、呼び鈴が鳴り響いた。

「はーい」

「お邪魔します。情報通り一人で暮らしているのね」

「ええ、二年前までは祖父母もいたんですけど」

「そう。一人の割には家の中も片付いているし、意外と家庭的なのね」

「え、照れるんですが」

応接間、とはいえ仏間の隣の座敷なのだが、そこへ通す。

一応スポーツドリンクも冷やしてあります。いやぁ……家にお客さんなんて、定期的に来る役所の職員以外、数年ぶりなんでつい張り切っちゃいました。

「ありがと。じゃあ早速だけど……報告するわ。貴方が呼び出したのは、少なく見積もっても二〇〇〇年以上過去の時代に生きていたエルフ。色々質問してみたのだけど、近代の主要国の名前や有名な人物の名前もほとんど知らなかったことから間違いないわ。現在、詳しい素性を調査中よ」

「二〇〇〇年!?　そんな昔から……」

「ええ。向こうで有名な神話の時代、かしらね。それでここからが本題なんだけど……」

すると、ニシダ主任の表情がスッと真面目な、緊張感のあるものに変わり語り出した。

「神話の時代を生きた人間。もしも公になればグランディアの国々も地球も黙ってはいないわ。今のところは秋宮グループの極《ごく》一部の研究員しかこのことは知らない。失われた魔法技術やその他知識、歴史の真実も得られるかもしれない、とてつもない可能性を秘めた相手だもの」

「あの、そういう俺が聞いたら後戻りできなさそうな話はしないでください、恐いんで」

「まぁとにかく今はこの召喚について極秘扱いになっているってこと。でもね、もう一つ問題があるのよ。私、召喚された存在が従属を拒否する可能性もあるって以前説明したわよね？」

「あ、はい。流石に相手は人間なんですし、従属なんてさせられ――」

だが続けて主任が語る言葉に、頭が追いつかなかった。

「『従属はしませんが共存はします。彼の元で暮らさせてください』そう彼女に言われたわ」

「……は？」

え、彼女？　女の人？　しかも俺と暮らしたい？　どういうことだってばよ？

本当に何故？　なんで一緒に暮らしたいと？　刷り込みみたいな効果があるんですかね？

「どういうことか私にもわからない。秋宮グループで不自由ない生活を保障すると言っても頑なに『彼のところに行く』の一点張り。彼女の意思は尊重したいから……伝えに来たの」

「そう……ですか。いや、ちょっと俺も正直どうしたらいいか」

流石に『綺麗だな、憧れるな』なんて思っていた種族さんと一緒に暮らすというのは……手放しに喜べないというか、緊張するというか、そもそも養う力もないわけだし。

「それとこっちも本題なのだけど、貴方と暮らすことは認めたわ。事後承諾になるけど、元々貴方が召喚したのだしね。ただ、普通は召喚した対象を引き受ける場合、国から援助が入ったり前に話した通り各国から報奨金が出るっていう話もあったけど、今回は上の指示で全て機密扱いになったから……国からの補助や報酬は全部なくなったと思ってちょうだい」

「え……まぁいきなり大金転がってきてもダメ人間になっちゃいそうですけど……流石になんの補助もなしっていうのは経済的にも色々と不安というか……」

「安心して。国には秘密だけれど、秋宮グループが代わりに貴方のバックアップをするわ。まぁ贅沢三昧な暮らしをさせるつもりはないけれど、不自由なく生活できるよう取り計らうつもり。それに……本当に悪いと思うのだけれど、貴方の人生の一部を、少しの間だけ私たち大人の管理下に置くことになります……そのことだけは本当に……申し訳ないと思っているわ」

その時、ニシダ主任は本当につらそうな表情を浮かべながら、深く深く頭を下げた。

……その気持ちが、痛いほど伝わってくる。

「貴方は、海上都市にある『シュバインリッター総合養成学園』に入学させられる。そこでたぶん……ある程度監視の目がある状態で過ごすことになる。進学は、人生において大きな分岐点になる重大な選択。それをこういう形で強制するのは非常に心苦しいのだけど」

「あ、そこは大丈夫です。ぶっちゃけ入れるなら入りたいなって思ってたくらいなんで」

「あ、そうなの？　けれど……たぶん普通の学園生活にはならないと思うわ。夢のキャンパスライフとは縁遠い。きっと……実地訓練ばかりの厳しい環境になると思う」

「それについてもまぁ……ある程度元々覚悟してたんで」

「そう。その他の細かい支援、してほしいことがあるなら言ってちょうだい。検討するわ」

願ったりかなったりですよ、今のところは。

それに……多少大人の管理下に置かれるだろう、誰だって学校に通っているうちは。

いや、きっと大人だってそうだ。だから……そんな申し訳なさそうな顔せんでください。

クール美人が台無しでございます。

「じゃあ……俺が東京に行ってる間、この家の管理をお願いしたいっす。あと……向こうの物件をいくつか紹介してくれたら嬉しいかなって」

「……貴方、物欲ないのかしら？　天下の秋宮グループよ？　望めば一軒家も定期的な給付金も、貴方が欲しがってるオーダーメイドデバイスだって用意できるのよ？」

「いや、若いうちからそんなに恵まれていたら絶対堕落しちゃうじゃないですか……って、オーダーメイド!?　それだけは欲しいです！　ぜひとも！」

「……ある意味安心したわ、人並みに欲があるみたいで。貴方は受験なしで入学が確定しているから……そうね、今年いっぱいはこっちで好きに暮らしなさい。召喚されたエルフさんだけど……体が完成次第、私たちの方で一般常識の教育はしておきます。私たちの仕事だしね」

「あ、そうですよね。わかりました……じゃあ、今年はこっちで暮らしますから……エルフさんのこと、よろしくお願いします。て俺が言うのもおかしいかもしれないですが」

……流されるまま、自分の道が決まりつつあった。

けれども、その道のために俺の代わりにこうして悩んでくれた人がいるのなら、せめて俺はその道で、健全に楽しく生きていこうと、そう思えた。

自主性を重んじてくれた祖父母には深い感謝をしている。ただ……こうやって自分のために道を整えてもらえるという経験は、あまり記憶になかったから。

気が付いていないだけで、多くの人が整えていてくれたのかもしれないけれど。

「さてと……私も実家に戻らせてもらうわ。ついでにお墓参りでもしてこようかしら」

「はい、今日は態々遠くまでありがとうございました」

「ん、どういたしまして。じゃあね、ユウキ君。来年また会いましょう」

そう言って、ニシダ主任は帰っていった。

墓参り……ニシダ……もしや少し前にお墓で見かけた両手に花な人と関係あったりして。

「なんてな。結構あの辺じゃ多い苗字だったっけ」

ある意味、俺はもう進路が決まった状態になったわけだが、今年一年はどうやって過ごそうか。やっぱり訓練に明け暮れるってのが一番俺らしいっちゃらしいが。

「エルフさんと二人暮らしか……どんな人だろうな」

まぁ流石にお姫様みたいな人を想像したりはしませんとも。ただ……仲良くできたらいい。本当それだけでいいんだ。誰かと一緒に暮らすなんて、本当に久しぶりなのだから——

§§§

あの人がいない。毎日語りかけてくれたあの女性は、あの少年に会いに行くと言っていた。受け入れてもらえるだろうか。私の一方的な要求を、少年は呑んでくれるだろうか。

そんなことを考えていると、女性の代理の人間が私に話しかけてきた。

「基本的な魔力路は順調に生成されています。ここから貴女の魂に刻まれた姿を反映し、少しずつ体が生成されていきますので、生前の名前と姿を強く思い浮かべてください」

生前の名前と姿。名前はともかく、姿となると……眠りについた安らかな顔の印象が強い。

「思い浮かべるだけで大丈夫ですからね、きっかけさえあれば問題ありません。ただ——今思い浮かべた名前は、名乗らないようにお願いします。ここで再び生を得ることになりますが……それは『貴女の人生を引き継いだ別な存在』と割り切ってください。難しいかもしれませんが、そうしないと『後々つらくなるかもしれない』と主任から言伝を受けています」

きっと、私が過去に囚われないように。自分の生前の関係者を求めないように。

新たな生に陰りを生まないように。そういう、配慮なのだろう。

あの女性にも、お礼を言いたいですね、改めて。

この場所はひどく無機質で、優しくない場所のように思えていましたが、ただあの人は、それを少しでも良くしようと、必死に毎日私に語りかけてくれていたのだから。

「新しい名前も考えておいた方がいいかもしれません。ユウキ君――貴女を召喚した少年に名づけてもらうこともできますが、それでは一種の隷属になりかねない、という話でしたから」

大丈夫。私は、もう次に名乗る名前を考えていますから。

ここから見える文字。ここと同じようにたくさん並ぶガラスの大きな瓶。

私は、自分が入っている瓶に刻まれた『A』という文字を、名前に付け加えることにした。

だから……その時が来たら名乗ろう――

§§§

「おー寒い……身体強化で体も温まればいいのに」

「確かにな。訓練場内にも暖房を設置するべきだ。今年で卒業する身ではあるがな」

冬。雪国特有の寒さを受けて、室内にキンキンに冷えた空気を閉じ込めた学校の訓練場で、今年度最後の格闘術の授業が行われようとしていた。

いや本当季節が流れるのって早いね。なんだか時間が消し飛んだ気分だ。

夏のあの日、俺の進路が決められてから、本当になんの変化もない日常がただ通り過ぎた。なんだか人生が変わる気がしていたが、拍子抜けなくらい、あっという間に過ぎ去った。

「今日こそ白黒つけさせてもらうぞ！」

「これが最後の授業だ。引き分けた場合は放課後、訓練施設だからな」

人生に思いを馳せている中、寒さをものともしない最初の組手に選ばれたクラスメイト。

寺生まれと教会生まれの二人が、今日も熱い火花を散らしていた。

そんな二人を眺めていると、ポツリと隣のショウスケが話しかけてきた。

「……結局、お前には一学期以降一度も勝てなかったな」

「ん、そうだな。でも毎回粘りすぎてこっちも大変だったわ」

「ふ、お前ほど保有魔力が豊富じゃないからな、工夫しているうちにそうなっただけさ」

「なるほど。ショウスケは運用の仕方が上手だし……たぶんデバイスや魔法も全部解禁される大学の訓練から、もっともっと伸びるって俺は思ってる。でも俺は身体強化しかないからな」

「極めた一ほど恐いものはないさ。それ、抑制バングルだろ？　一学期の後半からつけ始めていたが、結局それを外させることもできなかった」

「これには少し事情があるんだよ。別に学校の授業をないがしろにしていたわけじゃないさ」

「知っている。昔と違って……今は真摯に向き合っていることくらい、俺にもわかる」

クラスメイトの戦いぶりを眺めながら、一年を振り返る。

この世界に来て、何もわからなくて。けれども、その生活が楽しく。

自分がどこまで行けるのか、それを試すのが楽しくて、ひたすらに走り続けて。

そこまで仲が良くなかったショウスケと、こうして語り合えるようになって。

……とても、実りある生活だったと、胸を張って言えるようになっていた。

「一年間、俺は俺で自分を伸ばすための道を選んだ。そしてここからお前とは道を違《たが》えることになる。だが忘れるな、俺はお前に完全に負けたとはまだ思っていない」

「ああ、そうだろうよ。たぶんここから本番なんだろ？」

「そうだ。俺は……いつかお前にまた挑みに行く。今日はまだ勝てないだろうが」

「……おう。待ってるからな、ショウスケ」

俺たちの番がやってくる。学年トップとナンバー2の俺たちは、いつも最後の番だ。

俺は今年の秋から抑制レベルを最大にして戦っているが……ショウスケと戦う時だけは、その抑制レベルを最大ではなく、半分まで下げて戦っていた。

それくらい、ショウスケは力をつけているのだから——

§§§

「そこまで！　惜しかったな、ショウスケ。それにユウキもだいぶ攻められていたな？」

「はい。たぶん……純粋な格闘だけじゃなかったら負けてましたね」

「ありがとうございます先生。ユウキ、お前のおかげで俺ももう一段階上に進めるよ」

組手の結果は、俺の勝利という形で終わった。

魔法は、組手で使うことは禁じられている。だが、ショウスケは本来……魔法型なのだ。

俺に言わせりゃお前の方がデタラメだ。なんで魔法型がここまで戦えるんだよ。

「よーし、じゃあ全員フィールドに集合！」

これにて今年最後の訓練が終わりだと告げられ、ここからは自由登校となる三年生。

早い者は既に受験まで一月を切っており、いよいよ卒業が迫っているのだと実感する。

まぁ一部の推薦、特待生は既に受験を済ませているのだが。

ちなみに俺の受験だが……ちょっと普通とは事情が違うので人には言えないのである。

「ショウスケの受験は……来週だったか。特待生なら受験免除かと思ってたわ」

「俺から申し出たんだ。いくら選ばれたとしても、自分の実力は把握してもらいたいからな」

「流石。ふむ……最後の実技も終わったし、今日くらい一緒に飯でも行かないか？」

「それもいいかもしれないな。そうだな、友人とそういうこと、したことがなかったな」

「うは、マジか。じゃあ、高校生活最初で最後の夜遊びでもするか」

「……一応、親に連絡を入れてからな」

「ですよね」

ジャージを着替え、すっかり物がなくなったロッカーからカバンを取り出し、下校の準備。

すると俺たちが何を食べるのか相談しているのを聞きつけた他の友人たちも、一緒に行くという話になり、気が付けばクラスの男子大半で一緒に飯を食いに行くこととなってしまった。

おいおい、どうすんだこれ。

「ササハラ、店の予約取れたぞ！　多数決により今夜は焼き肉食い放題！」

「マジでか、お前ら金は大丈夫なのかよ」

「問題なし！　こういう日のために貯金くらいしてるわ」

世界が変わっても。たぶんこういうバカ騒ぎができる根本的な部分は変わらない。

そこにショウスケも加わり、俺たちは学生の強い味方、食い放題へと向かうのだった。

§§§

たくさん、聞いた。それぞれの進路と、将来の夢。

それはいつの間にか、優等生としてエリート街道と呼ばれるレールに乗っていた俺とショウスケには、少しだけ眩しいと思えるものだった。

アマチュアバトラーチームに所属しながらプロを目指す者。

元の世界で言う警察学校のような場所に入り、行く行くは『異界調査団』を目指す者。

ウェポンデバイスを扱う会社への就職を目指し、メカニックとして修業を積む者。

「みんな……それぞれの道に行くんだな」

食事を終え、ショウスケと二人で駅に向かいながら、ちょっぴり寂しげに呟いてしまう。

「ああ。少し……眩しかった。この道だって自分で選んだはずなのにな」

「はは、ショウスケも同じこと思ってたか。俺はたぶん……夢っていうより、もう少し学びたいんだと思う。それも自分が興味のある分野を」

「そうか。俺もそうなのかもしれない。だが最終目標はグランディアに関わる仕事、交流や文化の伝達、そして人助けだ。向こうは戦闘職が多いからな、文化方面で力になりたいんだ」

駅でショウスケと別れる。次に会うのは、きっと卒業式だろう。

そうして帰路についた俺は、明日に備えて早めに眠りにつくのだった。

§§§

朝。モーニングコールのつもりなのか、アケミさんからの電話で起こされる。

『おはようユウキ君。いよいよ明日ね、受験。今回は駅までだけど、応援しているわ』

「おはようございますアケミさん。荷造りももう済んでますから、今そっちに行きますね」

『残念、もう家の前にいるわ。早く支度してらっしゃいな』

俺の受験。必要ないと言われていたが、『偽装のために会場に来てほしい』という話だ。

そして同時に……本来入学する生徒たちが、どの程度のレベルなのかも見ておくように、と。

身近な人間ですら騙さなければいけないほどの秘密を、既に抱えているという今の状況。

不自由で心苦しいという思いもある半面、『かっこいいかも』なんて中二病的なことを思う。

そう、明日なのだ。『シュバインリッター総合養成学園』の入学試験は。

それにしても……アケミさんも秋宮傘下の人間なのに俺について知らされていないとなると、
本当に極々一部の人間にしか俺のことや召喚については知らされていないのだろう。

逆に、ニシダ主任がそれほど特殊な人間ということにもなる。

「おはようございます。では駅までよろしくお願いしますね」

「ええ、任せてちょうだい」

県中央の駅で、今回もあのバカげた速度の新幹線に乗る。

というかあれはリニアなのではないだろうか？　浮いてるし。

指定席に着いて気が付いたのだが、車内に同年代の人間の姿が目立っていた。

彼らも遠方での受験組なのだろう。

だが、俺が入学するシュバインリッターを受験する人間は、俺の高校にはいなかった。

そう、サトミさんですら受けない……いや、受けられないのだ。

あんなすごい存在を召喚、宿したというのに、まだ足りないと言うのだ。

曰く、特異な能力を手に入れるのは初めの一歩に過ぎないとか。

そこに実績や推薦、コネや口利きがないと受験すらできないという。

まぁ、元々彼女は別な学校を志望していたようなのだが。

「あーあ……まぁ同じ東京なら、会う機会はあるでしょ」

なんだかんだで一緒にいる時間も多かったので、ちょっと寂しいなんて思っているわけです。

そうして今回も僅か一時間半という速さで、この国の首都にして今や世界中から重要視されている東京に到着したのだった。

§§§

「迎えの車が来るって聞いていたけど……車多すぎてどれだかわからない問題」

相変わらず人多すぎですわ……今視界に入った人間だけでうちの地区の人口超えてそう。

するとその時、スマート端末が振動し、慌てて通話に出る。

『ここよ、ここ。右向いて右。そう、そこ。ストップ。私見える？』

「あ、見えます見えます……って、なんじゃそりゃ！」

ニシダ主任が手を上げていた。そしてその後ろには……豪華なリムジンさんの姿が。

すげえ、実際に見たの初めてですわ。あの長い車体でどうやって道を曲がるのだろうか？

「久しぶりねユウキ君。あれからバングルの調子はどう？」

「お久しぶりです。あ、今は最大レベルで過ごしています」

「なるほど……じゃあ早速乗ってもらうけど、偉い人が一緒だから、失礼のないようにね？」

「ひぇ……開幕からなんか恐いんですけど」

開けられたドア。そしてまるでホテルのような内装の車内。

そこに座っていたのは、不思議な仮面をつけた女性だった。

「あの、失礼します」

「ええ、どうぞ楽にしてくださいね」

「は、はい……」

「ふむ、思ったよりも華奢ですね。ものすごい力を秘めているという話でしたが……」

その女性は、こちらの体を観察でもするように見つめてきた。

鼻から上をハーフマスクで覆ってはいるが、おそらく相当な美人。

黒髪ロングという、日本人男性ならば多かれ少なかれ惹かれるであろう属性を持つ人。

何者だろうか？　まさかまた秋宮関係の人だろうか？

「あの……失礼ですが貴女はいったい……俺のことを知っているみたいですが」

「申し訳ありません。これから向かう学園の関係者です。決して怪しい者ではありません」

「なるほど……」

まぁこんな車に乗れる人だから、少なくともしっかりとした身分の人なのだろう。

それ以降、特に会話はなかったのだが、時折楽しそうにこちらを見ていたのが気になった。

そうして今回も、長い長い海に架かる橋を渡り、海上都市へと辿り着いたのであった。

「そういえば、貴方はシュバ学を実際に見たことはなかったのでしたか？」

「あ、そういう略し方なんですね」

「ええ。他にも『豚ちゃん騎士団』などとも呼ばれています」

「薄々そうじゃないかって思っていたんですけど、本当にそういう意味なんですか？」

「ええ。豚騎士団です。可愛いでしょう？」

その辺の感覚はちょっと僕にはわかりません。

そうしてリムジンが走っていくと、海上都市だというのに広大な山地が見えてきた。

おいおい、つまりあれも人工の山や森だとでも言うんですかい？

「山を含め麓の土地全てがシュバ学です。生徒数に対して圧倒的に大きな敷地面積を誇り、訓練に必要な自然環境、VR環境、術式フィールドも備わっています。驚いたでしょう？」

「……正直、ここが海の上だって信じられないレベルです。ものすごく広いじゃないですか」

「グランディアを含め、世界最高の学園と自負していますよ。最高の環境で最高の人材を育成するという理念の元、私のグループの資産の一〇％を割いているのですよ」

ほー、資産の一〇％ねぇ……ん？　『私のグループ』？

「今聞いちゃいけない言葉が聞こえた気がしますが、精神衛生上聞かなかったことにします」

「ふふ、なかなかウィットな物言いをしますね。ええ、私はたまたま同乗したお姉さんということにしておきましょう。では、私は挨拶があるのでこれで失礼しますが……貴方は受験生の戦いぶりを見ておくのでしょう？　貴方にとっていい刺激になることをお祈りします」

そう言い残して、黒髪のお姉さんはリムジンから降り関係者用入り口から入っていった。

あの人が秋宮の当主なのか？　結構若く見えたけど……最初に名乗られなくて良かった。

絶対緊張と恐怖で生きた心地しなかっただろうから……。

「って、さっきからなんで一言も話さなかったんですかニシダ主任」

「無茶言わないでよ。正体を知ってたのよ？　話に入るなんてできるわけないでしょう？」

「確かに。しかしなんでまた一緒の車だったんですか」

「一応、特例の生徒だもの。理事長としては顔くらい見ておきたかったんでしょうね」

「なるほど……こりゃ素行不良で指導なんてされたら大変なことになりそうですね」

「あら？　そんな予定でもあったのかしら？　結構素直でいい子だと思っていたわ」

若者にとって、東京というのはあまりにも誘惑の多い街なのですよ。

それにまもなく一八歳ですよ一八歳。色々な制約から解放される歳なんですよ？

「さて、じゃあ私たちも移動するわよ。受験者が多いからね、実技試験は複数ある訓練場でいくつかに分かれて行っているわ。貴方にはそうね、学園が期待している生徒たちの試合を見てもらいましょう。それと……話さないといけないこともあるからそのつもりで」

「なんかまた難しいこと言われそうな予感に少し胃が痛くなってきましたが了解っす」

「貴方本当余裕あるんだかないんだかわからない子よね……」

虚勢張ってナンボなんですよ、男の子っていうのは。

特に綺麗なお姉さんの前ですと。

連れられてやってきたのは、以前研究所で俺が助手さんに怪我を負わせてしまった訓練場よりもさらに立派な場所だった。

ここも実際に生身で戦う場所で、ダメージが体力の消費という形に変換されるのだとか。

あれ？　んじゃあ過去に俺がＶＲ訓練施設でリオちゃんに負けて気を失ったのは……魔力の枯渇だったんですかね？　いやはや、あの頃が懐かしい。

訓練場には観客席もあったが、他の受験生の様子を見せるわけもなく、学生はいなかった。が、学園関係者や試合内容を評価するためであろう職員らしき人たちが観戦中だ。

「……あ、あの人エルフだ。やっぱり教師にもいるんだろうな」

ふと、他の教員たちよりも少し離れた席に一人でいるエルフさんが目に入った。

遠目からでもわかる美人さんだ。もしやエルフの美形率は一〇〇％だとでも言うのか。

「一人目が来たわ。ここだけの話、あの子は筆記でも受験者の中では上から三番目。かなりの秀才と見て問題ないわ。召喚した物はかつて封印された刀剣。デバイスとして使えるように調整されているとはいえかなりの名剣よ。実家は有名な剣術道場らしいわね」

「なんですかその物語の主人公ばりのハイスペック。嫉妬心ムクムクなんですけど」

「ふふ、確かにね。それに見ての通りなかなか将来有望だと思わない？」

一人目に現れたのは、濃い青色、藍というのだろうか？　そんな長髪を先端でまとめた――女子生徒だった。良かった、これで男だったら本当に嫉妬で声を上げてしまうところでした。

「未来の美人剣士様か。あ、武器が刀だ。いいな、俺もデバイス作るとしたら刀かなぁ」

「そうそう。それについては全ての試験が終わったら話があるわ」

なるほど、ついに僕のオーダーメイドが手に入るわけですな？

などと言っているうちに、試験が始まった。

どうやら生徒と戦う試験官は外部から雇ったプロのバトラーらしく、しっかりと手を抜きつつ、限界まで生徒を追い詰めることになっているらしい。

試合時間は一人三〇分。降参か、戦闘不能と判断された段階で試験終了だそうだ。

「たぶん、この会場の生徒たちなら……あのバトラー程度じゃ良くて引き分けかしらね。プロもピンキリなのよ。試験官のバイトをするなんて、下位のバトラーくらいだもの」

「ちょっと世知辛いですね。でも……バトラーって対人のプロですよね。やっぱり戦い慣れしているのが見ていてわかります」

既に始まっている戦い。試験官は確かに、相手の間合いを見極めるのに長けているのか、上手く攻撃を躱し、的確に相手の体勢を崩すように戦いを組み立てていた。

けれどもあの女子生徒は……素人目に見ても、そもそもの基礎スペックが違って見える。

どんなに試験官が上手くても反撃のチャンスはある。その反撃一回で、傾いた天秤を一気に自分に傾けるほどの力を持っているように見えるのだ。

そして……時間はかかっても、当然あの生徒も試験官の動きに慣れてくる。

降参を試験官が宣言するまで、そう長くはかからなかった。

「相当強いっすね……あの子が特別強いってわけじゃあ……ないみたいですね」

「ええ。この第一会場に集められているのは、いずれも潜在能力、家柄、召喚結果、経験的に見て間違いなく一級と思われる受験生だけが集められているもの。特にあの生徒さんはね」

「まさかここまですごい生徒が集まってるなんて思いませんでした。こりゃ置いて行かれないようにするので精いっぱいですかね……」

毎日の練習量、今からでも増やすべきか。いや、それよりも早いとこ自分のデバイスを手に入れるべきか？　そう考え込んでいると、ニシダ主任が隣で溜め息をついた。

「うちの助手、元はプロリーグでもそこそこ活躍していたバトラーなのよ。あの試験官とは比較にならないくらいのね。貴方、そんな彼に反応もさせずに一撃で沈めたのよ？　もうちょっと貴方には自分の力の異常性を認識してもらわないと困るわよ？」

「ふぁ!?　あの人そんなすごい人だったんですか!?」

「そ。色々あって辞めたのよ。そもそも、上の人間が貴方に試験を受けさせなかった理由を考えたら当然でしょう？　君は、生徒として扱える能力じゃないのよ、本来」

その時、ニシダさんの眼差《まなざ》しが鋭く変化する。それはどうやら俺に向けられているものではなく……離れた場所にいる学園の関係者たちに向けられていた。

「将来有望な人間を今から見定めているってところかしらね。いい？　グランディアに関わる大人たちが、みんな平和主義者、仲良しこよしを望んでいるわけじゃないの」

「それは……なんとなくわかります」

利権、利益を考え、独自に動く人だってきっといるのだろう。

地球ではない土地。未知のエネルギーである魔力が豊富な世界。そして数多の国家。

そうだよな。この世界の地球人だけが皆、元の世界と違い全員平和主義者なわけないよな。

「どうする？　まだ見ていく？　今の子を見たら全体のレベルも理解できたと思うけど」

「そう、ですね。でも一応もう少しだけ見ていってもいいですか？」

「構わないわ。私は先に……そうね、学園の研究室に行くわ。この会場から少し離れたところ、丁度総帥が入っていった建物の中にあるから、案内板を見て来てちょうだい」

「了解です。入学したら全部覚えなきゃいけないですし、今のうちに歩いて覚えておきます」

「ん、いい心がけね。じゃあ、また後でね」

そうして俺は、また一人の受験者が試験官を打ち負かす姿を見学するのだった。

制限時間三〇分も必要ないんじゃないかって思えるな。皆一〇分とかからず倒してるし。

「皆、武器関係の召喚や戦闘補助の魔法が使えるんだな……羨ましい話だよ本当」

そうしていると、この会場最後の受験生の番が来たようだ。

男子生徒だ。爽やかイケメンさんが、珍しく会場に用意されていたデバイスを手に取る。

皆、召喚した武器やオーダーメイドと思われるデバイスを使っていたというのに。

ちょっとシンパシーを覚える。

そこに新しい試験官が現れる。まぁ一人で全員の相手なんて流石に無理だし当然か。

だが、最後の試験官は先程までとは違い、学園のものと思われる制服ではなく、本格的な戦闘用スーツを身につけ、使う武器も既製品ではない、特注と思われる大剣型デバイスだった。

「……なんか雰囲気違うな。絶対強いだろ、あの試験官」

こちらの予想は正しかった。試験開始の合図と同時に、試験官は大剣を推進力にしているかのように、後方に構えたまま猛烈な速度で接近、そのままあの受験生を弾《はじ》き飛ばした。

が、受験生も空中に足場でもあるかのような動きで場外に飛ばされるのを防ぎ、切り返す。

「あの試験官、少しリオちゃんに似たスタイルだけど、彼女ほどじゃないな」

改めて考える。似たスタイルの人と比べても数段上の彼女は、いったい何者なのかと。

ここの受験生よりも試験官よりも上となるともう、想像もできないんだけど。

「にしても……アイツも粘るなー！　応援したくなってきた」

何度飛ばされても、何度攻められても、ギリギリで致命的な一撃を防ぐ姿。

デバイスがイカレてきたのか、魔力光が消えかけてなお、降参をしようとしない。

だがついに受験生のデバイスが両断され、試験が終わりを迎えようとした。

しかしその瞬間――

「チッ……なんだよ、結局お前もそういうの持ってるんかーい！」

両断されたデバイスを捨て、一瞬で現れた輝く銀の刃を持つ剣が受験生を守る。

彼が召喚した剣なのだろう。そして……驚いたことに、受験生の動きが変わった。

まるで歴戦の戦士のように、駆け引きやフェイントを交え互角の戦いを見せている。

やがて、不必要だと思っていた三〇分の制限時間が経過したのであった。

「……最後まで見て正解だったな。ピンチに現れた剣の力で覚醒とか王道すぎ……羨ましい」

元々勝敗じゃなくて試合内容で合否が決まるって話だし、こりゃ彼も合格だろうな。

§§§

結局最後まで試験を見た俺は、急ぎ本校舎にあるという研究室を目指していた。

案内板？　いやいや、ナビアプリ必須でしょこの広さ。実際校内専用のアプリあったし。

迷いながら目的地を探していると、先程俺と同じく試験を見学していたエルフの教師（推定）と出くわしたのだけど……何故かこちらを見てひどく驚いた表情を浮かべております。

そのエルフの女性が、驚いた表情を抑えると、こちらに歩み寄り話しかけてきた。

「あの、すみません。少々道をお尋ねしたいのですが」

ふむ？　どうやら教師ではない模様。逆に道を尋ねられてしまった。

俺もわからないのだが、ナビアプリがあるのでなんとかなります。ニシダ主任、もうちょい待っていておくんなまし。たった今大切な使命ができてしまったので。

「はい、大丈夫ですよ。どこに行きたいんですか？」

アプリを使いこなす俺にたぶん不可能はない！　さぁ、焼却炉から宿直室までドンと来い！

それにしてもエルフってやっぱりみんな美人なんだなー……近くで見て改めて思ったけど、この人桁外れに綺麗だ。肌めっちゃ白いし目も綺麗。本物のエメラルドですかそれ。

テレビで女優のエルフを見たことがあるが、引けを取らないどころか超えていませんか？

もうあのお姫様、ノルン様を思い出すほどですよ。っていうか結構似てますね……？

「研究室、という場所を探しています。よければ案内していただけますか？」

「あ、それなら丁度僕も向かうところでしたよ。一緒に行きましょうか」

「……ふふ、ありがとうございます。では行きましょうか」

微笑まないでください、ときめくから。年上スキーな僕には貴女ドストライクなんです。

ノルン様の外見年齢がもう少し上がったら、この人みたいになるのではないだろうか。

やっぱり僕はね、同年代よりも四つか五つくらい上のお姉様が好みなんです。

だから以前リオちゃんにドキッとさせられたのは何かの間違いなんです！

「あ、待ってください。ここでこっちの階段を上《のぼ》るみたいです」

「なるほど、そうでしたか。同じ二階でも違うのですね」

「ですです。それじゃ行きましょうか」

すぐ後ろにいると思うと、緊張して手足の動きがぎこちなくなってしまうんですが。

すると、彼女はさらに緊張を加速させるように話しかけてきた。

「貴方は、今日初めてこの場所に来たのですか？」

「はい、そうです。お姉さんも初めて……みたいですね」

「お姉さん……？　ええ、初めてです。しかしその割には足取りに淀みがありませんね」

「あ、この端末に行先まで案内してくれるアプリが入っているんです。この学園専用の」

「ふむ……そういった便利な物があったのですね。私ももう少し勉強した方が良さそうです」

「簡単ですから、すぐに使えるようになると思いますよ」

だってこの世界のスマート端末、元の世界のスマホより遥かに高性能なんだもん。

すごいぜ？　何かを調べるのにいちいちブラウザ開かなくても、起動する直前の会話とか探知してある程度情報リストアップしていたり、通信速度が田舎でも爆速だったり、挙句の果てに通信料がすごく安いんです。『ギガ足りない！』『通信制限が！』なんて言葉、存在しません。

「あ、ありましたよ。あそこが研究室です」

「本当ですね、ありがとうございます……本当に、貴方はいい子ですね」

その時だった。お姉さんが突然近づき、薄っすらと笑みを浮かべながら頭に手を伸ばし――

「初めて会った人間に当然のように尽くす。『人として当たり前だ』と言う人もいますが、私はそれでも感謝しています。ありがとうございます、ユウキ君」

頭、撫でられてしまいました。え、なんで？　そんな小さい子に見えますか？

いや、それよりも……名前、なんで知っているんですか？

そんな疑問に思考を乱されている間に、お姉さんが研究室の扉を開ける。

「ああ！　申し訳ありません、もしかして迷ってしまいましたか？　幸いまだあの子は来て――って、ユウキ君も一緒だったのね」

「ええ、丁度彼に道案内を頼んだのです。この学園は随分と広く入り組んでいるのですね」

「えっと……お知り合いだったんですか？　すみません、俺の方こそ遅くなりました」

すると、ニシダ主任がこのお姉さんに申し訳なさそうに話しかけるではないか。

これからする俺の話に彼女も関係しているのだろうか。

「一緒に来たのなら、先にこっちの話を終わらせましょうか。ユウキ君、この人は――」

「申し訳ありません、自己紹介は私自らさせていただけないでしょうか？」

「そうですね、配慮が足りませんでした」

先程から思っていたのだが、随分とこのお姉さんには丁寧な口調だ。

……まさかさっきの理事長さんみたいな超ＶＩＰだったりするんでしょうか。

「初めましてユウキ君。私の名前は『イクシア』といいます。貴方に召喚され第二の生を授かることになりました。まだこの世界でどう生きていくべきか明確な展望を持っているわけではありません。ですが貴方が自らの人生を選び歩き出すその時まで、近くで見守っていきたいと考えています。改めてお願いします。貴方の家族になることを許してくれますか？」

§§§

「……え」

イクシアと名乗るお姉さんが、そっとこちらの手を取る。

彼女はまるで言い聞かせるように、しっかりと一語一句伝わるように、どこか力のある、思わず背筋が伸びてしまうような調子で『家族になることを許してくれますか』と尋ねてきた。

だから俺はつい……もっと深く考える必要があるはずなのに——

「は、はい。よろしくお願いします、イクシアさん」

そう、答えていたのであった。

「良かった。これで今日から家族ですね。これからよろしくお願いしますね、ユウキ君」

そして再び撫でられる頭。その微笑み、やばいっす。

人って本当に照れで脳が沸騰しそうになるんですね……ダメだ、クラクラしてきた。

「イクシアさん。年頃の男の子には少し刺激が強そうです」

「？　こんな老婆相手に恥ずかしいもないでしょう？」

「ですから……貴女はもう、老婆ではないのです。少しずつ慣れていかないといけませんね」

「なるほど……そういった感覚を忘れて久しいですが、善処したいと思います」

よ、よくわからないんですが……とにかく俺はこの近づくだけで緊張してしまいそうなお姉さんと一緒に暮らすことになるんですか……？

§§§

イクシアと名乗るエルフと、今の世界とは似て非なる世界から迷い込んだユウキ。

二人の邂逅《かいこう》から時は四カ月ほど遡る。季節は秋、ユウキが召喚実験を行ってから一月半ほど経った頃、彼女は意識だけの存在から、肉体を持つ存在へと生まれ変わった。

「聞こえますか？　今日からは思念による意思伝達ではなく、口頭による意思疎通を行う訓練を始めたいと思います。液体の中なので聞こえづらいかもしれませんが、大丈夫ですか？」

「ぁ……不思議な感覚です。水の中なのに呼吸ができます。話すことができます」

「はい。それは水に見えますが、空気とほぼ同じものだとお考えください。現在肉体生成の最終段階として、体表の硬化および日差しへの抵抗をつけています。もう二日ほど不自由な思いをさせてしまいますが、何卒ご容赦ください」

「この世界は本当に凄まじく魔術が発達しているのですね。死者を蘇らせるなんて……」

「厳密には死者ではなく、強い霊魂に肉体を与えているという形ですね。そういう意味では、貴女を呼び寄せた彼こそが、死者を呼び戻した存在と言えるかもしれません」

「あの、少年ですか」

ニシダ主任はイクシアの言う『あの少年』という言葉に『呼び出された当初の記憶はしっかりと残っているようだ』と考えていた。

だが、イクシアが考えていたのは、霊魂の状態でユウキを追いかけた時のことだ。

自分を召喚したなんの変哲もない少年。ただ平凡でも、人として持っていてほしい心を持つ、環境に恵まれずとも、腐らずに楽しく健やかに生きている少年。

ただ一つ訂正するとしたら『少年』ではなく『青年』だということ。

尤も、ユウキの身長が低く、顔つきも同年代の中では幼く見えるため、長命種である彼女からすればどう贔屓目に見ても『少年』という認識でしかないのだが。

彼女は、偶然ユウキの近くで彼の守護霊とも言える祖母の霊と言葉を交わした。

だから、というわけではないが、彼女はユウキのことをずっと気にかけていたのだ。

それは、もしかしたら生前の彼女の境遇から来る条件反射なのかもしれないが。

「明後日には培養槽を出ることができます。その後、彼と暮らすためにもこの世界の一般常識や制度などをお話しします。ですので貴女のことも話せる範囲で教えていただけると幸いです」

「わかりました。こんな老婆の長話でよければお話しします」

「あの……今の貴女は魂の全盛期の姿ですので、そういった感覚のずれも修正しませんと」

そう言いながら、ニシダ主任は大きな姿見をイクシアが収められた培養槽の前へ運ぶ。

するとそこに映し出されていたのは、人間で言う二〇代中頃、どう逆立ちしようが特殊な化粧を施そうが老婆とは言えない美女が、一糸纏わぬ姿で映し出されていた。

それは彼女の生前の姿とほとんど差異がなく、エルフという種族故に、長い間老婆として過ごしてきた彼女にはなかなか受け入れがたい大きな変化でもあった。

「まぁ！　これは……これは六〇、いえ七〇になりたての頃でしょうか」

「やはりエルフという種族の成長の仕方は、同性としては少々羨ましい部分がありますね」

最近、化粧にかける時間が伸びてきたと感じているニシダ主任は、同性から見ても美しすぎると言える容姿と、歳を取りにくい肉体に、どこか憧憬を抱いているようだった。

だが憧憬はイクシアも同じ。彼女は気が付いた。自分の肉体が生前と同じではないことに。

「魂が思い描く姿というお話でしたね。おそらく私の憧れも含まれていたのかもしれません」

「と、言いますと？」

「スタイルが良くなっているように見えます。私、そんな理想でも持っていたのでしょうか」

具体的に言うと『胸』多くは語るまい。だがいつか抱いたその思いは、魂に刻まれていた。

§§§

「ここからが本題よユウキ君。貴方のこれからの生活について、注意点がいくつかあるの」

「は、はい！」

そりゃあるでしょうよ！　こんな美女と若い男が二人きりなんてマズいですよ！

何かあったらいけない。心と体は裏腹だったりするものなんです！　特に男っていうのは！

だが、こちらの予想に反して語られるのは、そんな内容ではなく——

「貴方、今リミットを最大にしているのよね。その状態でさっきの受験者たちに勝てそう？」

「リミットを五つも下げれば勝てるかと。あ、でも最後の受験者は一〇くらい必要かも」

「その程度で勝ててしまうのね。何よりも……君はまだ成長している。そのうち、今の抑制バングルじゃ追いつけなくなるくらい成長すると見て間違いなさそうね」

そう、リミットを上げても体がそれに慣れ、次第に動けるようになっていく。

俺はそれを成長だと喜んでいたのだが……なるほど、ニシダ主任の言いたいことは理解した。

するとその時、深刻な様子でイクシアさんがニシダ主任に駆け寄る。

「お話に口を出すようで申し訳ないのですが、ユウキ君に何か問題でもあるのでしょうか。私にできることならどんなことでもします。彼の生活に問題があるのなら協力させてください」

なんか本当にすごく心配してくれて嬉しいんですけど、半面申し訳ない気持ちが。

「安心してください。問題というよりは……そうですね、彼は強すぎるのです。周囲から異質だと思われるくらいに……そんな力を利用しようと企む大人が近づいてきてしまうほどに」

「はは……そういうわけなので、そんなに心配しなくても――」

そう苦笑いと共にイクシアさんの様子を確認した瞬間だった、あまり表情の変化が大きくない印象の彼女が、目に見えてわかるほどの怒りの表情を浮かべていることに驚いてしまった。

「……それは、捨て置けません。子供は自由に大人への道を歩むべきです。利用しようと考える？　そんなこと、断じて私が許しません」

「う……正直耳が痛い思いです。ですから彼の力を抑制、他の生徒と過ごせるように、と」

「なるほど、理解しました。話の途中で申し訳ありません。今の間私は退席しておきます」

「こちらこそ無神経な物言いでした。退席なさるのでしたら、隣の部屋にこの世界で生まれた魔術理論の研究レポートがまとめられていますので、ご自由に閲覧してください」

「それは助かります。では、またのちほどお会いしましょう」

……ニシダさんが心なしか、顔を青くしているような。

「……ふぅ。イクシアさんは生前、孤児院の院長をしていたそうなの。だから……子供をとても大切にする方なのよ。それにどういうわけか、貴方に随分とご執心みたいだから」

「孤児院の……なんだか優しそうな印象ですね。実際にやられると少し恥ずかしいですけど」

「けれどその半面、あの人は神話の時代のエルフでもあるの。だから当然……その魔力量、扱える魔術の質は高いと見ていいわ。正直研究者として非常に興味がそそられるのだけど……本人の意思を無視することはできないからね。そういう部分にはノータッチなのよ」

もし、召喚されたのがとても邪悪な心の持ち主だったらどうなっていたのだろうか。

それこそ現代の人間では太刀打ちできないのでは？

そう思ったのだが、ニシダさん曰く『そういう事態に備えた〝ジョーカー〟つまり切り札もしっかりこの世界にいる』とのこと。ううむ……つくづく恐ろしい世界だ。

「話を戻すわ。まず、貴方の力をさらに抑制するバングルを作成します。そうね、受験者たちと同じレベルまで落としつつ、貴方の成長に追いつけるように抑制レベルの幅を広げた物を」

「あ、それは願ったりかなったりっすね。もっともっと鍛えられる」

「それじゃあ本末転倒でしょう。貴方は身体強化を育てすぎた。だから……ここからは魔力運用の技術を磨きなさい。扱いの難しい、出力が安定しないデバイスをオーダーメイドしてね。そこで効率的な魔力運用、そして武器の扱い方を鍛える方向にシフトチェンジしてほしいの」

……魔力の運用。魔法が扱えない以上、後はパワーで攻めるだけと思っていたのだが。その反動で抑制バングルが追いつかなくなっているのなら、その方がいいのかね？

強くなりたい、成長して楽しみたいという欲はあるが、なるほど、技術面を鍛えるというのも立派な成長だ。俺の欲も満たされますな。

「ついに俺のオーダーメイドが……」

「ええ。基本的にデバイスには魔力を引き出す、安定させるという効能があるのだけど、貴方の物にはつけないわ。代わりに、万が一全力の魔力を流しても壊れない、頑丈な物にするつもり。まぁ細かい要望は……後でカタログを渡すから、それで決めてちょうだい。これは私の研究の成果を見せる意味でも重要な案件だからね、多少無理を言っても大丈夫よ」

マジかー……タダで武器作れちゃうかー。気分はクリスマス前の子供だ。

いやはや懐かしい。親父が生きていた頃の記憶なんて、何かもらった時くらいしか覚えてないわ。嗚呼《ああ》、げんきんな子供時代よ。まぁ仕方ないね、幼稚園に通ってた頃に亡くなったし。

「重要な話はこのくらいね。ただ……極力その力が露呈するような事態は避けること。もちろん、命に関わる状況ならその範疇《はんちゅう》ではないわ。でもね、さっき受験会場で見た通り、学園の中にも色んな思惑を持って送り込まれた教師がいるの。政界を差し置いて日本を代表してグランディアと交渉を進める秋宮グループを快く思わない人間も多い。そんな人間に君を利用されたくない。これはグループの利益のためじゃなくて、貴方のために話していると思ってほしい」

「それはなんとなくわかってます。ニシダさん、正直グループに忠誠誓ってるタイプには見えませんし。優しいんですね、本当に」

少なくとも、俺の周囲にはそういう悪い大人がいなかったのだと思う。

こうして考えると……本当に俺は恵まれているんだな。

「最後にこれもオフレコなんだけど……理事長にも気を付けて。あの人は普通の人間じゃない。

何を考えているのか、どんな未来を望んでいるのか、誰もあの人の目線に立つ人間がいないせいで、少し……不気味なのよ。今日だって君と会ってみたいって言い出したくらいだしね」

「得体の知れない人だってことは俺も重々理解してるつもりっすね。仮面とか豚とか」

まぁ、要するに目立たずに平和な学園生活を送れ、ってことだ。

正直、自分の境遇的にそんな平和な未来が待っているとは思えないが。

けれども、それを願う人が今の俺を支えてくれるのなら、極力それに沿いたいではないか。

「話は終わり。ちなみに、私はこの学園の非常勤の講師でもあるから、これからも顔を合わせると思うわ。ウェポンデバイスについては明後日までに基本的なスペック、デザイン、方向性を決めてデータを送ってちょうだい。細かい調整は実際に戦って調整していきましょう」

「聞いていいですか？　調整のために毎回こっちに来るんですよね？　交通費とか……？」

「そういえば今日も自費で来たのよね。ふむ……今は学校、自由登校のはずよね？　安心なさい、暫くこっちに泊まれるよう今日から研究所の居住スペース貸してあげるから」

マジか。二泊三日のつもりだったから普通にビジネスホテル予約しちゃったんだが。

その後、結局ホテルの予約をキャンセルし、そのキャンセル料すら払ってもらうことに。

なんか本当ごめんなさい。勝手に自分で全部決めるのはマズかったですね。

§§§

「お話は無事に終わったようですね。少し、表情が嬉しそうです」

「あ、はい。わかるもの……なんですか？」

「ええ。雰囲気が違います。何か楽しみができた子供に似た雰囲気ですね」

図星を突かれながら、隣の座席のイクシアさんに緊張しっぱなしの僕です。

現在、学園の車で研究所に向かっているところなのだが、当然のようにイクシアさんの隣に座らせていただいております。いや、先に座っていたらイクシアさんが隣に詰めてきたんです。

「ユウキ君は私と身長がほぼ同じのようですね。今は私の方が少し高いですが、人間はその年齢でも体が成長しますからね。そのうち越されてしまいそうです」

「は、はは……去年は二センチしか伸びなかったです」

「大丈夫です、きっとまだ伸びますよ。よく食べ、しっかりと眠ることです」

近い近い近い。めっちゃいい匂いする。心臓がうるさい、少し大人しくしろ。

やはり自分が若い女性だという意識が低いのか、スキンシップが多いんですこの人。

まるで、お婆ちゃんが孫を可愛がるように、撫でたり色々してくるんです。

もう大人一歩手前ですよ僕。曰く、一八歳はエルフだと小学生くらいなものらしいのだが、その感覚で来られると……色々と暴発しそうです。

「ユウキ君。この車という乗り物は慣れているのですか？」

「はい、それなりに……」

「なるほど……私はこれで二度目になります。これはどういう原理で動いているのか、先程見せてもらった『すまーと端末』なる物で調べられるのでしょうか？」

「たぶん調べられると思いますよ。後でニシダさんにお願いしてみましょうか」

「はい、お願いします。基本常識は教わりましたが、この世界は知りたいことが想像以上に多く、正直目が回る思いです。それら知識を求めれば得られるというのは素晴らしいですね」

彼女は嬉しそうに、微かにはにかみながらそう言った。

……それは、俺だって同じなのだ。まだ、この世界のことを完全にはわかっていない。

それを一緒に学んでいけるのは、とてもとても楽しそうだな、なんて。

「一緒に暮らす家も用意していただけるという話です。もしも何か要望があるのでしたら、私の希望も含めて後で提出するように、ということでした」

「家の手配ですか……自分はてっきり物件の紹介だけかと思っていましたが」

「私も詳しくは知らないのですが、今日はお忙しそうでしたから明日以降聞いてみましょう」

ニシダ主任は学園に残って仕事だそうだ。曰く、受験生のデータを検証したいのだとか。

本音を言うと、こうしてイクシアさんと二人きりで会話をするのはひどく緊張してしまうのだが、これから二人で暮らす以上、少しずつ慣れていかないといけないよな。

§§§

「あの、一緒の部屋でいいんですか？」

「ええ。家族なんですから分かれて二つも部屋を使わなくてもいいでしょう。空きがあるとはいえ、清掃をする方の仕事を増やすわけにはいきませんからね」

イクシアさん、いんまいるーむ。そして平然と外出用のシンプルなスーツを脱ぎ、目の前で過ごしやすそうな、柔らかな印象のワンピースに着替え始める。

あえて止めませんでした。そのうち、こういう光景も見られなくなるだろうからと。

……ただ、支給された下着は装飾の一切ないシンプルな白でした、とだけ言っておきます。

「ユウキ君は何をしようとしているのでしょうか？」

「あ、ちょっと自分のデバイス……武器の注文ですね。その注文書を作っているところです」

「ふむ。先程から気になっていましたが、あまり畏まらなくてもいいのですよ？」

「あ、いやでもなんていうか……イクシアさんも君づけですし」

「なるほど。ではユウキと呼びましょう」

見つめながら呼び捨てで呼ぶのはやばい！　またときめいた！

「ふふ、少しずつ慣れていくでしょう。ユウキが話しやすいように話してくださいね」

そう言いながら笑うイクシアさん。ええい、脳内変換だ。これは全部お婆ちゃんが俺に話しかけている言葉だと変換すれば……無理だわ、こんな美人なお婆ちゃんいるわけがない！

「わかりました、善処します……じゃあ、ちょっと武器のカタログを見ますね」

「私も一緒に見させてください」

武器に集中。顔が近いけど集中。小さな端末でカタログ開いた俺が悪かった。

「おお……やっぱりぱっと見でも既製品とだいぶ違うな……ええと……」

「ユウキはどういった武器を使うのです？」

「ええと、俺は剣しか使ったことがないですね。今回は、前から気になっていたこれ……サムライエッジ。刀っていう形の武器にしたいと考えています」

「片刃の片手剣……いえ、これは柄や刀身の長さから言って片手半剣の一種でしょうか。片刃と両刃では取り回しが見た目以上に異なりますが、大丈夫ですか？」

ちょっと驚き。突然、専門的な言葉がスラスラと流れてくるその様子に。

やはり昔の異世界というのは、戦いが日常茶飯事だったのだろうか？

「刀身の弧の描き方から、おそらく切り裂くことに特化しているようですが、この武器は魔力で刃を覆い殺傷能力を得ています。正直このフォルムはそこまで機能しないのではないですか？」

「そ、そうなんですか？」

「ええ。両刃の物の方が攻撃の幅も増えますが……しかしこのフォルムは刃の形成を薄く鋭くしているようですから……なかなか奥が深い形状ですね。玄人向けと言いましょうか」

なんだか急に、俺の中でイクシアさんとの距離が近づいてきた気がする。

俺、そういう話大好物です！

「ええと、この刀というのはこの国……つまり日本で生まれた武器で、実用性もさることながら、一種の憧れもあったりするんです」

「なるほど、そういった理由もありましたか。扱いは難しそうですが、自分の手足の延長となる武器です、本当に愛着が持てる物の方がいいかもしれません。素人ならば絶対に扱いやすい物を勧めますが、ユウキはニシダさん曰く『ものすごく強い』という話でしたからね」

「あはは……でも、剣の扱いは初心者に毛が生えた程度ですけどね」

「ふふ、そうなんですね。ふむ……刀型だけでもかなり種類がありますね。刀身の長さから反りの具合……それに魔力の消費効率、出力……ここまで細かく指定できるなんて、戦闘や武器制作における技術もかなり発達している世界なのですね」

うぅむ……世の車好きの人たちが嬉しそうにカタログを眺める気持ち。今なら俺もわかる！

イクシアさんも、いつの間にか熱心にカタログを眺めながら『申し訳ありません、画面を少し上にずらしてくれませんか？』などとお願いしてくる。

「あ、あの、大きい画面に映せるので、少し待ってくださいね」

が、しかし。我がノミの心臓には刺激が強いので、テレビに画面を表示させることにします。

すごい世界だよ。ケーブルもいらないし、対応機種とか考えなくても表示できちゃうし。

「ユウキ。その上から二番目、左から四番目のモデルをベースに決めてはどうでしょう？」

「ええと……これですか？」

すると彼女は、刀の中でも反りが少なく、刀身がやや長めの物をチョイスした。

「これが、今のユウキの身長で扱えるギリギリの長さの刀身です。今後の成長を考えるとこれが適しているでしょうね。魔力効率というものはわからないのですが、そこはニシダさんにご相談してみてはどうでしょう？」

「なるほど……そうですね、じゃあとりあえずデザイン的な部分を決めてしまいますね」

「はい。ここからはユウキの好きなように決めてくださいね」

正直、すごく助かる。一センチ単位で長さが違ったり、反り具合にも種類があったりで、ベースになるモデルを決めるのも一苦労だった。

よくぱっと見で俺に合う刀身の長さがわかったなぁ……孤児院の院長をする前は何をしていたのだろうか？　もしかして武器職人さんだったのだろうか？

「色は……塗装なしで金属面剥き出しの鏡面加工だな。本物の刀っぽく。魔力光は……白で」

「魔力光……これは本人の資質に左右されないのですか？」

「多少はされるみたいですよ、特に白だと。でも俺ってそういうのないみたいなんです」

「なるほど……面白いですね。武器にデザイン性を取り入れる……それが一般的ということは、それだけ今が平和な証拠、なのですね」

もっと親しくなれたら。その時は、もっと彼女のことを聞いてみたいな、と思った。

言動の節々から、確かに感じる彼女の戦いの経験。

戦と隣り合わせの時代だったのか、それとも戦士や剣士だったのかはわからないけれど。

でも……やっぱりいつか、生前の話を聞いてみたいと思ってしまうのだった。

§§§

「ユウキ、そろそろ夕食の時間です。食堂の場所は私が知っていますので案内しましょう。その『すまーと端末』のアプリなる物は、今回はおやすみですね」

「はは、わかりました。ではお願いします」

自分のデバイス以外のカテゴリにも目を通し、二人で様々なことを語り合っていたら、いつの間にか夕食の頃合いになっていた。

今日から三日ほどここで生活するのだが、イクシアさんは既にここで数カ月過ごしているからか、かなり内部には詳しい様子だ。

学園で案内した時のお返しをしたいのか、微かに笑いながら先導する彼女に続く。

……手脚長！　こうして歩くと本当にモデルじゃないですか貴女。

「イクシアさんこんばんは。そちらの方は……もしや以前言っていた召喚者さんですか？」

「こんばんはイクシアさん！　召喚者さんと会えて何よりですね！」

道すがら、施設の研究員たちがイクシアさんに声をかけてきた。

彼女の人柄はここでも伝わっているらしく、通る人みんなに声をかけられ、それら一つ一つに彼女も丁寧に対応していた。

どうやらこの区画の人間は、秋宮の研究所の中でも特に機密性の高い部署の研究者らしく、存在そのものがトップシークレットであるイクシアさんのことも知っているようだった。

ただ……イクシアさんの受け答え内容に少しだけ問題があるようです。

「ええ、ようやく会えました。可愛くて仕方ないです、これから私の家族になるのですよ」

とか。

「そうなんです。これからこの子に何をしてあげようか迷ってしまいます」

などなど。

完全に、発言が『里親』のそれなんです！

嬉しいというか、照れるというか、だが同時に男として少しだけ情けないというか。

「あの、イクシアさん？」

「はい。ああ、皆さんとはここでお世話になってから、様々なお話をしたんですよ。この世界の子供たちが喜ぶことや好きな食べ物、どうすれば仲良くなれるか。ふふ、至らないところもまだまだあるでしょう。ですが……どうぞよろしくお願いします、ユウキ」

「あ、う……はい、こちらこそよろしくお願いします」

なんも言えねえ！　心底嬉しそうなその笑顔の前に、なんも言えねえ！

もう二年で成人なので子供扱いは控えてほしいとか、そんなこと口が裂けても言えねえ！

「ですが心配もあります。既に聞いているかもしれませんが、生前私は孤児院で院長を務めておりました。大きな機関が運営している施設でしたので、食事は専門の人間が用意していました。私は正直そこまで料理が得意ではなかったので、ちゃんとできるかどうか……」

「あー……それは俺もあまり得意ではないです。でも、生活の援助はしてもらえるみたいなので、最悪出来あいの物を買ったり外食でまかなったりもできますから」

「いえ、それはいけません。節約できる部分は節約したいですし、生活に必要なスキルは身につけ、磨くべきでしょう。一緒に暮らしながら、少しずつ二人で学んでいきましょう」

はい喜んで。余計なこと言ってすみませんでした。

一緒に頑張ろうなんて、そんな素敵な提案されたら従うしかないです。

死んだ婆ちゃんも料理上手だったからなぁ……頼りっきりで自分じゃしてこなかった。

俺が作れる物なんてカレーと炒飯くらいですよ。あと黄身が潰《つぶ》れた目玉焼き。

何故かフライパンに卵落とすと黄身が割れちゃうんですよ。なんでですかね？

そうして夕食のビュッフェでイクシアさんに『あれも食べてください、これも食べてくださ い』とお皿におかずを山盛りにされ、お腹いっぱい、胸いっぱいになりましたとさ。

あと、どうやらイクシアさんはお魚が大好きみたいでした。

§§§§

繰り出される蹴りを、躱すのではなく意識して武器で受け流す。

だが、どうしても流すのではなく受ける形になってしまい、衝撃で一歩後退《あとずさ》ってしまう。

純粋な技量不足。これまで正面からぶつかり合うことしかしてこなかったが故の弊害。

だが一歩引いた瞬間、狙っていたように魔法による突風が吹き荒れ、体勢を崩される。

「もらった！」

「それでも負けたくないんですよ！」

なりふり構わず、浴びせ蹴りのような形でこちらに迫る蹴りを防ぐ。

蹴り同士がぶつかり合うも、純粋な力比べならそこまで分も悪くない。

が——どうやら俺は、今の自分の能力を少々過信していたようだった。

「うわっと……」

「はい、俺の勝ち。なんで負けたか明日までに考えておいてくだ——」

『テスト終了！　どう？　ユウキ君。これが生徒の目線よ。今はまだ前の癖が抜けてなく、そのデバイスにも慣れていないからあっさり負けちゃったけど、これから学んでいけば……そうね、以前彼を一発でノックアウトした時くらいにはなれるんじゃないかしら？』

「主任勘弁してくださいよー、折角雪辱を果たせたのにそんな現実突きつけるの……いや本当ユウキ君さぁ、今つけてる『チョーカー』って……負荷どれくらいなもんなの？」

「今は二三〇ですね。前のバングルは最大三〇レベルでしたから大幅に上がりました」

「ええとレベル一につき既製品の三分の一だから……バングル七二個分かよぉ……おじさんそこまでしてやっと勝てたってわけか……引退して正解だったわ」

『何言ってんの。彼がもっと慣れたらアンタなんてまたすぐに倒されるわ。ほら、さっさと戻ってきなさい。デバイスの調整始めるわよ』

ついに、俺のデバイスの作成が始まった。

同時に作られた抑制バングルに代わるチョーカーは、その性能や強度、抑制の幅が以前とは段違いになったというのも大きいが、何よりも目立たない。

一般には腕輪型が多い抑制器具だが、これなら周囲に感づかれないだろう、とのこと。

しかし今の状態が一般的なシュバ学に入れる生徒の平均ってことなのかね？

確かに正面からただぶつかり合うだけじゃ、プロのバトラーには勝てそうにない。

ましてや、俺には魔法も特殊な力もないのだから、武器の扱いに慣れていかないと。

「お疲れ様です、ユウキ。やはりサカタさんは強いですね。おそらく相当数、対人の経験を積んできたのでしょう。初見の相手を見切る速さが異様ですね」

「あ、ありがとうございますイクシアさん。やっぱりまだ新しいデバイス使い始めて二日、全然ダメですね。どうしても受けてから流すまでのつなぎが甘くて」

「そのようですね。剣の形状からして、最初の受けの段階で流しを意識した動きにしないといけないのでしょう。少し貸してみてください」

調整用の訓練を終えると、今日も綺麗なイクシアさんが、まるでお母さんのようにタオルでこちらの頭をくしゃくしゃとふきながら汗を取り、スポーツドリンクを飲ませてくれる。

まぁ、俺に母親なんていたことはありませんが。さらに言うと今のは死んだ婆ちゃんが子供の頃してくれていたのです。しかし、この人をお婆ちゃんと形容するのは流石に無理だ。

「私の脚をよく見ていてください。初めから、つま先を次に動く方向を意識して向けているんです。膝を柔らかく動かすように意識して――」

脚長い、ラインが綺麗、お尻が可愛い。

聞いてます、聞いていますとも。でも眼福すぎて。

「と、このように体の使い方を根本から見直す必要があります。これまで、ユウキは剣士ではなく格闘主体の戦士として動いていたように見えますから、なかなか矯正は難しいかと思いますが、私も可能な限り協力しますからね、頑張りましょう」

そうして今日の訓練が終わり、デバイスの調整へと向かうのだった。

§§§

「家の候補を探す、ですか？」

「そうよ。調整は今日であらかた終わったし、後はこの試作機を参考に実物を作るだけ。だから、まだ卒業まで時間はあるけれど、先に家を決めておこうと思ってね」

「卒業……ユウキは学生でしたね。式典にはぜひ出席させてくださいね」

「あ、はい……」

クラスメイツが血涙流す姿が頭に浮かびます。

羨ましかろう！　俺も正直これが現実なのか今でも疑っちゃうし！

「それで、とりあえずこの地図を見てちょうだい。この丸い部分が候補地」

「多くないですか!?　これ海上都市だけじゃなくて東京都内もあるじゃないですか。家賃とか土地代とか大丈夫なんですか？」

「秋宮財閥だから」

「あ、はい」

世界有数の財閥にとっちゃあ、一〇〇円も一〇〇万円も変わらないんですね、わかります。

こうなると……本当に立地条件だけで決めてもいいのだろうか。

「私のおすすめはここ。海上都市のオフィス街にあるマンション。最上階とその下の階、二フロアを使った居住スペースね。以前は傘下の会社の社長家族が暮らしていたのだけど、失脚させられてね。今はその高すぎる家賃の関係で誰も住んでいないの」

「最後の情報は秘密にしておいてほしかったな、僕」

「あの高い建物が立ち並ぶ場所、ですか……」

利便性は高そうだが、落ち着けそうにない。

それにイクシアさんも心なしか、嬉しそうではない気がする。

もっとこう、庶民的でありながら贅沢というか快適な物件お願いします。

「それならここ。海上都市でなく、東京湾に面したここ。本土だから色々行ける場所も多いし、それになんだかんだで通学所要時間も三〇分もかからないし」

あ、そうか。通学のことも考えないといけないのか。

でも、この世界って乗り物の安全性も速度も、元の世界とは段違いなんですよね。

あの長大な海上都市への橋だってモノレールであっという間だ。

「ここは別荘が多い区画でね、海上都市にも近いから人気なの。数ある別荘の中でもここはある有名な芸術家が所有していたのだけど……っと、こういう情報は言わない方がいいのよね」

「そこまで言われると逆に気になるんですが」

「浮気相手との密会場所。けれども奥さんにバレて離婚。慰謝料の代わりに差し押さえられた後、結局他の女や憎い元旦那の気配が残る場所だからと気に入らず売却」

「やっぱ聞かなきゃ良かった」

もうこんな曰く付きの場所しかないんですかね？

「海の近く、ですか。海に落ちたら大変です、ユウキ」

「流石にそこまで子供じゃないんですが」

「それでも……何かあってからでは大変ですよ？」

過保護！　もしかしたら嫌な思い出があるのかもしれないので、これ以上は言えませんが！

というか別荘地って、シーズン入ったら騒がしそうだしパスで。

その後もことごとくとんでもない物件、億ションやらデザイナーハウスなどが紹介されるも、とてもじゃないが落ち着かない＆曰くありげで決まらない。

ええい、もうちょっと庶民に寄り添った提案をですね？

「あ、じゃあもうここで。ここってシュバ学の敷地内の山じゃないですか？　もしかして寮ですか？　それだと一人暮らしになっちゃいますけど」

「ではダメですね。私と住める場所じゃないと絶対にダメです」

即答である。いや、薄々そう言われると思ったんですけどね。

「いいえ、違うわ。そこは通学に特化しているから一応選択肢に入れているけど、ただの管理用の家よ？　この裏山も訓練で使うことになるのだけど、周囲の管理をするために住み込みで働けるように作ったの。まぁ結局、誰も使わないから放置されているんだけど」

「んじゃここで。一番落ち着きそうだし」

「いいの？　正直ただの家よ？　一応ペンション程度には大きいけど」

「自然が近くにあるのは嬉しいです。ユウキの学校が近いので、私も色々と安心です」

もう最初からここにしとけば良かった。悪い曰くもないみたいだし。

ただ、確かに通学にはこれ以上ないくらい便利なのだが、他の利便性には欠けるな。

日用品や食材を買うのに、かなりの距離を移動しないといけない。

「畑でも作りましょうか？　山ならば動物もいるかもしれませんし」

「イクシアさん……流石に現代社会でそんな生活しようとするのは……」

「そうですね。流石に田舎育ちの俺も、動物を狩るっていうのは……」

「では畑だけでも。ふむ、確かに買い物が難しくなるのは、私も困ります。まだ公共交通機関の利用は完璧とは言えませんし、すまーと端末にも慣れていませんし」

はい。最近夜に色々使い方を教えているのですが、機械は苦手みたいです。

どういうわけかアダルト広告を踏んで顔真っ赤にしながら『ユウキは見てはいけません、見てはいけません！』なんて言ってたし。

「それなら山の反対側、この辺りは住宅街ですがお店もありますよ。『こちらもオフィス街にしろ』なんて声もありますが、総帥の後押しもあって、小さな町として機能しています」

「おー、田舎暮らしの人間としては嬉しいっすね。じゃあここにします」

「ただ……山の中に熊、出るから気を付けてね」

「人工山のはずですよね？」

「一応町や学園には出られないように頑丈なフェンスで覆ってはいるわ」

「……この管理用の家、誰も住みたがらない理由がわかりました」

なんで自然環境そこまで再現しちゃうんですか。

訓練のためですかそうですか。

§§§

早速件《くだん》の家へと向かうことになったのだが、改めて見ると本当に巨大な学園だ。

今や世界で注目されている海上都市の教育機関ということで力を入れているのだろうが……

これ、徒歩だと家から校舎まで結構かかるな。身体強化で走り抜ければ問題ないだろうけど。

「ふぅ……寒いわね、今の季節の山は流石に。さ、到着よ。一応掃除はしてあるけれど、家具家電はまだないの。後で発注しておくから、追加で必要な物があったら教えてちょうだい」

そこは、まるでペンションのような自然と調和したログハウスのような家だった。

うん、かなり快適そうだ。普通の一軒家と同じで、なんなら俺の実家よりも近代的だし。

「いい家ですね。少し広すぎる気もしますが……なるほど、ここがリビングで……台所と一体になっているのですか。素敵ですね、お料理しながらユウキとお話もできます」

「ここ、なんで管理する人が住まなかったんですか？　すごくいい場所じゃないですか」

「熊」

「あ、はい」

そうでしたね。この世界の住人全員が熊を倒せるわけじゃないですよね。

そもそも許可されていない場所での魔術やデバイスの使用は許可がいるんでしたよね。

「あ、他の部屋も結構広いんですね。じゃあ俺の寝室はここにしようかな……」

「では私はこの押し入れにしましょう。丁度いい狭さで落ち着くうえにユウキの近くですし」

「なんでそうなるんですか？」

「はい？　ああ……わかりました」

なんで押し入れの広さ確認して満足げにそんなこと言うんですか？

もしかしてこの世界には存在しない某猫型ロボットのこと知っているんですか？

そんなところじゃなくても部屋なら他にもあるじゃないですか。

「一緒のベッドというのは流石に子供扱いが過ぎると思いましたが……ふふ、構いませんよ。ニシダさん、お布団の用意は一組で構いません、枕は二つでお願いします」

「いやいやいや、そうじゃなくてですね」

『押し入れではなく一緒に寝て』ではなく『部屋を別に』と言っているのです。

が、広い部屋は落ち着かないからと、彼女は階段下の物置スペースを確保したのであった。

どこぞの魔法少年（ホニャララポッター）か！　この世界にはその作品ないけど！

「じゃあ、この家に決定でいいのね？　生活に必要な物は全て寸法を測って用意させるから……どうする？　デバイスが完成するまでこっちにいる？　それとも一度実家に戻る？」

「あ、なら戻ります。まだ誰かが実家の管理をしてくれているわけじゃないので……屋根の雪下ろしとかしないと。引っ越した後は秋宮の方が実家の管理をしてくださるんですよね？」

「……懐かしいわね。私の実家も古いから屋根に雪が積もると戸が開きにくくなるのよね。実家の方は管理人を手配しておくわ。そうね、誰も住んでいないまま放置は不安ですものね」

流石同郷出身、屋根に雪が積もった時の弊害を知っているようですな。

戸の枠が雪の重さで少し歪むんですよね。早く戻って俺も雪を下ろさなければ。

「入学に必要な資料やパンフレット、教科書は実家に送っておくわ。キチンと予習をしたら少しは楽になると思うわよ？　受講科目を考えておかないと大変かもだけど」

「そっか、選択式なんですね。けれどまぁ……割と教科書とか参考書読むのは好きなので」

ゲームの設定集みたいで予習が苦じゃないんです。ただしこの世界特有の科目に限る。

「意外と勤勉よね、貴方。じゃあ研究所に戻りましょう。切符の手配をしておくわ」

「あの、実家には私も同行してもよろしいのでしょうか？」

「ええ、問題ありませんよ。ユウキ君もいいでしょう？　一緒に暮らす予行練習だと思って」

「え、ええ。ちょっと散らかっていますけど……」

良かった。ある程度片付けておいて。

一人暮らしだからって人様の目に触れさせてはいけない物を放置、ってのは絶対ダメです。

……今度こっそり処分しておかないと。

§§§

山を下りて車へ向かう。その途中、こちらでは珍しい雪が降ってきた。

『綺麗』とか『ロマンチック』だとか『積もるといいな』とか。

たぶんそういう感情が出てくる人間も多いのでしょうね、こちらでは。

だがこちとら雪国育ちなもんで、それとは真逆な感情しか湧きません。

『うわ……』とか『面倒』だとか『積もらないでくれよ』などなど。

「雪ですか、もう冬なのですね。自然に触れていない時間が多いせいか、少し季節の感覚がずれていたようです。……この世界の春は、どのような季節になるのでしょうね」

「楽しみにしていてください。春には引っ越しますから……桜を見られるかもしれません」

「ふふ、そうね。桜はこの国の象徴。ぜひ、満開の桜をお見せしたいわ」

ただ……どんな季節であれ『これからは少し違って見えそうだ』なんて思った。

世界が変わったのか、それとも俺が迷い込んだのか、そのどちらなのかわからない。

それでも、元の世界とは異なる存在が同居するこの世界の、新しい季節、新しい春なのだ。

何よりも……過ぎ行く季節の中、俺の隣には新しい家族がいるのだから――

§§§§

翌日。再びあの長い橋を渡り東京駅に到着する。

海上都市も十分人は多いのだが、やはり本土となるとレベルが違う。そのうち観光もしてみたいところだ。今まで県外出たことないし。え？　修学旅行はって？　そんなもん県内だわ。

「何かあったら連絡ちょうだい。デバイスは完成し次第、最寄りの訓練施設に送っておくから、そこで受け取ってちょうだいね」

「家に直接じゃないんですか？」

「物が物だからね。本社の人間が直接届けることになっているの。丁度施設の備品入れ替えがあるから、その時に一緒に渡して、初期設定やメンテナンスもお願いしてあるの。君、アケミと顔見知りなんでしょ？　なら丁度いいじゃない」

「なるほど……ちなみに、もしも自腹で買うとしたらどれくらいの……？」

「七〇〇万ってところね。君、だいぶ欲張ったわね。材質指定、鏡面加工、継跡処理、魔力光指定まで全オプションつけていたでしょう？　まぁ開発部は気合が入っていたけど」

すみません、純粋に希望を全部ぶち込みました。大事に使います、本気で。

「じゃあそろそろ行きなさい。イクシアさんが迷子になってしまうわ」

気が付くと、彼女は大量の人が出入りする駅を珍しがり、少しずつ離れて行っていた。

ああ、そんなフラフラとどっか行かないでください。

「はい。では、また春に」

「ええ、またね」

イクシアさんを捉《つか》まえ、いざ駅構内へ。


「ものすごい数が同時に走っているのですね。本数が馬車などの比ではありません」

「ここはこの国でも有数の都市ですから。でも、これから行く俺の地元はのどかですよ」

「ええ、そうでしたね。親しみが持てます」

「『そうでした』って……？」

はて？　既に情報として知らされていたのだろうか。

そうしてもはや慣れつつある高速すぎる新幹線に運ばれる。

イクシアさんも流石にこの速度で風景が流れていくことに驚きを隠せていないのか、小さな声で『飛竜よりも速いかもしれませんね』なんて言っていた。

マジか。ドラゴンに乗ったことあるのかイクシアさん。すげえ羨ましい。

『○○より、ずっとはやい!!』とか言ってみたい。この世界じゃ通じないネタだけど。

「ユウキ、学校の予定を教えてくれませんか？　もう二カ月ほどで式典があると聞きました」

「そうですね、三月一九日が卒業式になります。その前に一度登校日というか、学校に受験の結果を伝えに行く日があるので、合格発表があった生徒は行かなければいけません」

「なるほど。ユウキの場合はどうなるのです？」

「後日、形式上の合格通知が送付される予定ですね。それまでは割と自由ですし、イクシアさんに必要な物でも買いに行ったりして自由に過ごしましょう」

ほら、イクシアさん服とかあまり持ってないし。というか研究所で渡された、無地の落ち着いた服を数着と、おそらく前にチラリと見てしまった下着数点しか持っていなさそうだ。

今日の荷物だって、小さなキャリーバッグ一つだけだ。

「必要な物……あ、そうですね。式典用の服、それに普段着も数着買わないといけませんね。安心してください。お金を渡していただきましたので、必要な物はこれで買いましょう」

「流石用意がいいですね、ニシダ主任は」

「ええ、本当に。では、到着まで色々お話をしましょうか」

好きな場所はあるのか。どんな食べ物が好きか。学校ではどういうことを学んでいたのか。他愛のない話でも、彼女は親身になって聞いてくれた。優しく相槌を打ちながら、時には驚いてみせながら。その様子は、本当に親のような、家族のような。

婆ちゃんとも少し違う。もしかしたらこれが母、もしくは姉のような存在なのだろうか？

あっという間に時間は流れ、まもなく到着するとアナウンスが流れる。

「先程まで山や水田が多かったですが、この辺りは建物も多いのですね」

「ええ、一応県……国を四七に分けていて、ここが俺の地元の県、その中心なんです」

「なるほど。この後は乗り換え、というのをするんでしたよね。私はその乗り換えがとても苦手です。研修で色々と乗せられたのですが、いまだに完全とは言えません」

「……たぶん、東京だとこの国の人間でも完璧な人なんて少ないと思います」

ありがとうスマート端末。そして乗り換えアプリ万歳。

流石に地元でアプリに頼るなんてこともなく、そのまま無事に地元駅に到着する。

途中、知り合いにこそ行き会わなかったが、やはり田舎でイクシアさんは目立っていた。

エルフ……都心でこそたまに見かけたけど、こっちじゃあ全然見ないからなぁ……それにすっごい美人だし。ただ、幸いなことにナンパ、みたいなことは起こりえないそうだ。

なんでも、地球に滞在、旅行に来ているグランディアの人間は、ある程度の特権階級であることが多く、中でもエルフは国の要人、その関係者であることがほとんどらしい。

下手なことしたら問答無用でお縄だとか。まぁそれ以前に、自己防衛に限り、魔術、魔法の使用は『グランディアの人間に限り』許可されている。

それに少なくとも……彼女は語らないけれど、きっとイクシアさんは……強い。

「どうしました？　そんなにこちらを見て。何かおかしなことをしてしまいましたか？」

「あ、いえ。なんでもないんです。ただ、みんな注目してるなーって」

「なるほど、エルフは珍しいのですね」

たぶんそれよりも美人だからだと思います。こらそこ、写真撮ろうとすんな。

ディーフェンス！　ディーフェンス！

そんなこんなで駅から歩き出すと、イクシアさんが俺を先導するように歩いていく。

え、道知っているんですか？　迷いません？　細い道たくさん通りますけど。

「雪の積もり具合が海上都市とはだいぶ違いますね。私が先に歩いて道を整えますよ」

そう言った彼女の足元が、少しだけ光った気がした。

すると、彼女の足元の周辺だけ、見る見るうちに雪が溶けだしていた。

「『魔法は無暗《むやみ》に指定された場所以外で使ってはいけない。場所によっては感知され、状況を確認に来る警察機構の人間に状況の説明をしなければいけない』ですね？　ですがこれは魔法ではなく、あくまで周囲の魔力に火の属性を付与しているだけ。魔法は使っていませんから」

「な、なるほど？　じゃあお言葉に甘えます。道は俺が教えますね」

「いえ、この辺りの道なら私も知っていますので」

すると確かに彼女は正しい道を選び、まるで小さな除雪機のように道を整えてくれた。

まさかアプリであらかじめこの辺りの予習をして……ないな。まだ満足に使えないはずだ。


「本当に到着してしまった……」

「ふふ、おかえりなさいユウキ」

「あ……そうですね、ただいま、ですね」

久しぶりに、この場所でその言葉を聞いた。やっぱ、なかなかくるものがあるなぁ……。

すると彼女はしっかりと靴を脱ぎ、そのまま真っ直ぐに……仏間へと向かっていった。

……何故？　道はともかく、家の間取りまで知っている？

彼女は、仏壇の前にしっかりと正座し、手を合わせていた。

これが何か知っているとしか思えない動き。これは流石に……。

「イクシアさん、教えてください。何故俺の家のことも、仏壇……それが死んだ人間を祀っている物だと知っていたんですか？」

「ああ……私としたことが、すっかり話すのを忘れていました。私は一度この家に来たことがあるんです。魂だけ、ですけどね」

すると彼女は、とんでもないことを言い出した。

魂だけ？　まさか幽体離脱？　そんなことまでできてしまうのか。

「この世界に来て間もない頃。貴方が遠くに行くのを感じ、ついていってしまいました」

「ニシダ主任がイクシアさんがいなくなった時があったって言っていましたが……？」

「ええ、そうです。そしてその時、私は貴方をこれから先も見守ろうと決意したんですよ」

「決意……なんでそんな……」

彼女は、俺の行動を見ていたらしい。

俺の普段の様子。俺の境遇。それらを見て、助けになりたいと思い始めていたこと。

そして何よりも

「婆ちゃんが……？　ここに？」

「はい。その日は、たまたま現世にこられていたようでした。そこでお話を聞き『自分はまもなく消えてしまうからたまに様子を見てくれないか』と言われたのです。ですから私はたまにではなく……新たな家族として、共に生きようと思いました」

『頼まれたからなのか』という考えが一瞬過《よぎ》った。だがそれよりも前に、俺についていこうと考えてくれていたことが、驚きだった。

『境遇への哀れみ』には、たぶん俺は敏感だ。伊達にガキの頃から両親なしじゃない。

けれどもイクシアさんからはそういう気配がまったくなく、ただの純粋な感情に思えた。

「……それに、新たな生を得ても……家族が誰もいないのは少し、寂しいですからね。たぶん、本当に家族が欲しかったのは、私だったのかもしれません」

「……そう、だったんですか。じゃあ、これからは二人家族ですね、よろしくお願いします」

「ええ、よろしくお願いします、ユウキ」

俺よりも、彼女の方が求めていたから、なのだろう。

彼女がどういう境遇だったのかは知らない。けれども、孤児院の院長だったというのなら、誰よりも家族のありがたみを知っているのかもしれない。

「こうして、改めてこの場所に来ることができて良かった。では、挨拶も済みましたので、居間へ向かいましょう。こちらはだいぶ冷えますからね、温かくしませんと」

「あ、そうですね、今ストーブつけてきますから」

そういえば一人で暮らし始めてから、友人を……人を居間に呼んだこと、なかったな。

仕事や用事で人が来ることはあっても、生活に密接な場所には誰も近づけてこなかった。

それはもしかしたら、無意識に過去の思い出を、家族と過ごした場所を変えたくないと守っていたからなのかもしれない。けれども俺はこの日、彼女をそこへ招いた。

きっとそれはもう、彼女のことを家族と認めたから……なのだろうな。

「ああ、そういえば報告が遅れてしまいましたが、書類上は既に私はユウキの義母となっているはずです。本来、経済状況や素行などの調査、身分の確認もあるようですが、どうやらそういう手続きはニシダさんが所属している組織の総帥……？　という方が手配したそうです」

「また秋宮か！」

どうやら、概念的な家族ではなく、彼女は正式に俺の初めての母親になったようです。

ええ……。

三章　うつろうことなく

「イクシアさん、本当にその格好で……？」

「はい、これも正装の一種ですからね。それに生前、一時ですが貴族の屋敷で働いていたこともあります。家令としての振舞いも身につきましたし。どうです、似合いませんか？」

「……そりゃあ、似合ってますけど」

たぶん何着ても似合うと思います。元がいいから。

きっと〇ニクロの格安コーデでも普通の女性より目立ちそうです。

「家族の入場は九時からですので、私は自宅待機です。ユウキ、いってらっしゃい」

「……はい、行ってきます」

『いってらっしゃい』が嬉しくて、これ以上は何も言えなかった。

そう。早いもので今日は卒業式。友人たちも続々と自分の進路が正式に決まったことを担任に報告し、いまだに決まっていない生徒もいるが、皆揃って卒業式を迎えることができた。

で、俺の今現在の心配事。イクシアさんが、燕尾服を用意していたんです。何故に？

スーツとか他の選択肢ではなく、彼女はピアノ奏者のような燕尾服を購入していたのだ。

ところで『家令』ってなんぞや。貴族の屋敷で働いていたとか言っていたが……執事のすごい版？　というか貴族って……グランディアでは普通のことなのだろうか。

§§§

「おはよう、ユウキ。今日も寒いな」

「おはようさんショウスケ。自由登校の間何してたんだ？　訓練所でも見かけなかったけど」

「ずっと宮城にいた。暫く向こうの大学生に混じってトレーニングをしていたんだ」

「徹底してるな……ってことは？」

「ああ、受かった。これでまずは一歩前に進んだと言える」

登校中、校門でショウスケに会い、そのまま一人、また一人と友人たちが合流する。

前に一緒に焼き肉に行って以来、ショウスケも他の友人たちとだいぶ打ち解けたようだ。

「お、お前らも全員受かったのか」

「まぁな。仮にもここは進学校だぜ？　落ちたら親になんて言われるか」

「俺は就職っていうか修業だな。いつかお前らのデバイス、格安でメンテナンスしてやるよ」

「ふふ、それはありがたい。それで……ユウキ、お前はどうなんだ？　シュバインリッターは狭き門だ。お前の力はそこに通用……したみたいだな」

「は!?　お前シュバ学受かったのかよ！」

「はえー……すっごい」

「まさか俺たちのクラスからシュバイン生が出るとは思わなかったぜ」

シュバイン生って直訳だと豚生なんですがそれは。

しかしやはりこの反応を見るに……名門なんだなと改めて実感させられる。

クラスの人間の大半は第一志望に受かっている様子だが……サトミさんどうだろうか？

隣のクラスへいざ行かん。

「すんませーん。サトミさんいませんかー？」

「えー？　お？　なになに、ちょっとサトミー！　ユウキ君来てるよー」

若干のニヤケ顔女子が出迎えてくれた。さては何かよからぬ勘違いをしておるな。

そういうの、どんどんしちゃって。くすぐったいが嫌いじゃないから！

ただ若干男子の目が恐い。仕方ないね、夏休み以降サトミさんは学校でもお洒落に気を使うようになったのか可愛くなったし。それまでは結構地味目な委員長だったのに。

「あ、ユウキ君。なになに？　どうしたの？」

「いや、一応同じ東京受験組だったから気になっちゃって」

「なるほど……ふふふ、私、受かっちゃった！　ファストリア魔導学院に！」

「おお!?　って……あれ、そんな学校あったっけ……？」

「あはは……じつはここ、東京じゃないんだ、厳密に言うと」

「え！　東京行きやめちゃったんだ。ちょっと残念だけど、合格はめでたいね！」

「大丈夫だよ。この学校ね、実はグランディア側のゲートの近くにあるんだ。だから海上都市から通うことにしたの。ちょっと早起きしなきゃだけど、登校に一時間もかからないんだ」

なんだって？　俺それ初耳なんですが！　異世界の学校に入学とか普通に羨ましいのだが？

「ほら、私が召喚した子ってグランディアの神霊獣だから、向こうの方が力の使い方も学べるし、私って元々魔術型だから、あっちの学校の方が魔術魔法の教育は進んでいるんだよね」

「へぇ……俺、異世界のことあんまり調べていなかったからなぁ……」

「それで、ユウキ君はどこを受けたの？　さっきの口ぶりから合格したみたいだけど」

「シュバインリッター総合養成学園ってとこに入学が決まったよ。ここ、海上都市にある学校だし、俺も海上都市に住むからこれからも会うことがありそうだね」

サトミ氏無言。そんなに俺と会いたくないと申すか。

「シュバ学!?　嘘、本当にあのシュバ学!?　ユウキ君の召喚って事故だったはずじゃ！」

良かった、ただ単にフリーズしていただけだ。しかしそこまで驚かれることなのか……。

「ちょ、声大きすぎだよ。それに事故って言わないで？　結局あの時の召喚のおかげで受験できたみたいだしね。それで実技の成績が良かったから受かったたって感じかな？」

「そっかぁ……でもすごいよシュバ学だなんて。たぶん私のとこと同じくらい魔術魔法の指導が進んでいるとこだし……グランディアの研究員とか、バトラーもいるって聞いたよ」

「ほほーそれは楽しみだ。じゃあ、春以降も会うと思うから、これからもよろしくね」

「うん、これからもよろしくね、ユウキ君」

ばっちり周囲に聞かれてました。露骨に近づくのはやめい、別に有望株とかじゃないぞ。

§§§

校内アナウンスにより、いよいよ卒業式本番となる。

皆整列し『最後の日くらいは』と気合を入れているのか、私語が一切ない中、温まるのに相当な時間を要したであろう体育館へと到着する。

『卒業生入場、どうぞ拍手でお迎えください』という言葉に体育館へと入ると、壁一面に紅白幕がかけられ、卒業生全員分の椅子と同じくらい大量の家族用の椅子が並べられ、それぞれの身内が座り拍手と共にこちらの行進を見守っていた。

「……ああ、やっぱ目立つ」

行進がある場所に差しかかると、俄《にわ》かにひそひそ声が起き始める。

家族の中に混じる、眩いばかりの黄金の髪。燕尾服姿のイクシアさんが、他の人間よりも遥かに激しい拍手を打ち鳴らしていたのだ。

……恥ずかしいというかなんというか。あれ後で手が真っ赤になってるパターンだ絶対。

校長先生の微妙に短くしようとした努力の跡が見られる祝辞が終わると、体育館の照明が落とされ、大きなスクリーンが上から下りてきた。

なんだか感情を盛り上げるＢＧＭに合わせ、我々の三年間の思い出映像が映し出される。

ナレーションは……あれサトミさんじゃん。そういえば放送部だっけ。

こういうのって在校生がやるものじゃ？　……でも声が綺麗でよく通るな、式典向きだ。

「なぁなぁ、ユウキさっき見たか？　父兄の中に綺麗なエルフのお姉さんがいたぞ」

「シー、静かにしろよ、今思い出に浸ってんだから」

嘘です。六月中盤から唐突にこの世界にいたので、それ以前の俺が何をしていたのか必死に情報を映像の中から探って――あ！　ショウスケに訓練で負ける瞬間映ってる！　消せ消せ！

するとその時、家族席から一瞬だけ『ああ！』という悲痛な声が聞こえた気がした。

……俺の敗北シーンと同時だったんですが……まさかね？

照明が戻ると、次は在校生代表による贈る言葉が述べられる。

部活動に参加している人間なら、後輩との交流も深いだろうしグッとくるのだろうが、俺は帰宅部だからなぁ。もしかして、この世界特有の部活などもあったのだろうか？

そうしていよいよ終盤。卒業生代表による答辞が始まる。

「卒業生代表。コトウショウスケ君」

「はい」

あ、やっぱり代表はお前か。そりゃ世界が変われど、皆が納得する優等生は彼なのだから。

もし、俺が元の世界で過ごしていたら、今この場面で感傷に浸ることはあったのだろうか。

今この瞬間も、新しい生活に期待で胸がいっぱいで『悲しい』という気持ちがイマイチ湧いてこなかった。だが――少なくとも『寂しい』それだけは強く強く、思うことができた。

明確なヴィジョンも持たず、朧げな道を辿るように集まった人間が多いであろう高校。

だが、だからこそ馬鹿やったり、些細なことで盛り上がれたりできたのではないだろうか。

ここからは本当に社会に出るための最後の準備期間。もしかしたら、こんな生活はもう二度と味わえないのかもしれないと思うと、やっぱり寂しいのだ。

『――そして私は、この高校生活最後の一年で、初めて心の底から張り合いたい、負けたくないと思える好敵手に出会うことができました。私を始めここに集まった卒業生一同は、この先の未来、それぞれの道へと向かって旅立とうとしています。ですが私は、その道は再び交わることがあるのではないか？　そんな淡い期待を同時に胸に抱いているのです。別れは再会のための第一歩。私はそう胸に刻み、今日この学び舎を旅立ちます。再会を信じ、それぞれが成長した未来で再び出会うことを祈っています。これをもって私の答辞とさせていただきます』

前言撤回、やっぱり悲しくなってきた。
なんだよ俺のことか、おい。狙い撃ちするのやめろ。
大きな拍手に包まれながら、壇上から降りてくるショウスケ。
そして、最後にお約束とも言える『あの歌』を皆で歌う。
嗚咽《おえつ》が混じるのも、きっとこの歌のお約束なんだろうな。

§§§

式の進行の都合上、生徒が一人一人呼ばれて卒業証書を渡される、ということはなかった。うちの学校、クラスがAからEまであるからね。代わりにクラスの代表が呼ばれて受け取り、教室で担任の手によって一人ずつ渡される。もちろん、キチンと一言添えられて。

生徒一人一人をしっかり見ている担任が渡してくれた方がいいよな、やっぱ。

というわけで場所は移動して自分たちの教室。

「次、ササハラユウキ。卒業、おめでとう。先生正直心の底から驚いてるぞ。二年生までのユウキを知る先生方もみんな驚いていた。正直、卒業生代表にするか迷ったくらいだからな」

「でも、正直事情を知らない人間からしたら『なんでアイツなんだ』ってなるじゃないですか。ショウスケで正解ですよ。俺だってアイツが一番相応しいって思ってますし」

「まったく、いつの間にそんなに仲が良くなったのか」

受け取った卒業証書は、期待通り丸い筒に入っておりました。

まぁ、当然教室のいたるところからスポンスポンって音が響いてきます。

よっしゃ、んじゃ俺が一発本気でやって轟音《ごうおん》を校内に響かせてやり――

「――以上。これで全員に卒業証書が行き渡った。これで本当に……お前たち全員が卒業だ。では、これで解散とする！　後は好きにしていいぞ、もう先生は何も言わない！　連絡先の交換をしてもいいし、廊下に集まっている家族の皆さんと帰ってても良し、なんだったら夜までここで思い出に浸ってもいいだろう。先生から校長にかけ合ってくる」

「流石にそれはないわー。普通にこの後打ち上げに行こうと思いまーす」

「そうか。あんまりハメを外すんじゃないぞ。それと……くれぐれも飲酒はしないように。その段階で卒業取り消しもありえると思えよ」

流石にそんなやつおらんやろー……いないよな？

この後『打ち上げでボウリングにでも行かないか』と誘われもしたのだが……今日は、なんとなくこの気持ちをそのままにしておきたいからと、その誘いを辞退した。

……というかですね、廊下に集まりつつある保護者の皆さんの中で、一人だけめちゃくちゃ浮いてるイクシアさんを早く遠ざけたいっていう気持ちが強かったりします。

なんかめっちゃ他のお母さん方に話しかけられていません!?

「おいユウキ！　さっきお袋から聞いたぞ！　あのエルフさんお前の養母って本当かよ！」

「え、あ、うん、そうそう。俺の保護者のイクシアさん」

「なんだと!?　そんなの初めて聞いたぞ！」

「俺も初めて言ったからな」

ほら早速どこからかクラスメイトに漏れてしまったじゃないか。

騒ぎに乗じこっそりと教室から抜け出し、イクシアさんの手を取り教室を離れようとする。

だが……ショウスケが目の前に立ち塞がっていた。

「グランディアから来た保護者……初耳だぞ、俺も。初めまして、ユウキ君と仲良くさせてもらっています、コトウショウスケと申します」

ショウスケがイクシアさんに握手を求めた。

「はい、初めましてショウスケ君。ユウキの保護者のイクシアと申します。答辞、とてもいいお話でした。こちらの文化に疎い私も、色々と考えさせられる内容でしたよ」

「恐縮です。あの、失礼ですがイクシアさんはユウキとはどんなご関係なのでしょう。実は私、いずれはグランディアに携わる職に就きたいと考えておりまして、こうして近い場所にあちらの方がいらっしゃるのが新鮮で、どうしても気になってしまい」

それらしい理由をつけているが……内心、絶対何か怪しんでいるな、これは。

うーん気持ちはありがたいのだが、そこを突っ込まれるのはマズい！

「実は、ユウキの祖母のヨシネさんが若い頃、私は彼女に東京で大きな恩を受けました。それから交流もあったのですが、私が故郷へと戻ってからはそれもなくなりました。ですがこの度、数十年ぶりにこちらの世界に来ることとなり、恩人であるヨシネさんを訪ねたところ、既にお亡くなりになっているのを知りました。聞けば、彼女の孫であるこの子が一人で暮らしているという話でしたので、この春から東京に出るのならば、既にあちらで生活基盤のある私が保護者となり、生活の面倒を見させてほしいと願い出たのです」

「なるほど、そういうことでしたか。他人の事情を詮索してしまい、大変失礼しました。貴女のような人がユウキの支えになってくださるのでしたら友人としても安心です。こいつ、少し勢い任せなところもあるので、ハメを外しすぎないよう、目を光らせてくださいね」

「お前は俺の父親か！　まぁ、そんなわけなんだ。じゃあ、俺は引っ越しの準備とかあるから、今日は早めに上がるぜ？　連絡先も交換してるんだし、何かあったら連絡くれよな」

「ああ、そちらもな。ではイクシアさん、ユウキ。またいずれどこかで」

……イクシアさんすっげ！　何その完璧なバックストーリー！　俺も思わず『もしかしてそうだったのかも』って信じちゃうところだったたんですが。

「イクシアさん、いつの間にあんな話を……というか婆ちゃんの名前知ってたんですね」

「お仏壇に書かれていました。こういった話もいずれ必要になると思い考えておきました」

「……なるほど。流石ですね」

イクシアさんが完璧すぎて言葉もありません。ただ、卒業式中に俺の負けるシーンで声を上げたの……気が付いていますからね？　それと手の平が真っ赤です。

§§§

「ふぅ……引っ越しの荷物、私服くらいしか持っていく物がないんだよなぁ」

帰宅し、引っ越しの際に持っていく物を荷造りする。

正直ゲームだってこの世界の物は態々持っていってまでプレイしようとは思えないし、そもそも生活全てが楽しいので、漫画ですらあまり読まない。

というか日常系とギャグ漫画が圧倒的に多いので、若干飽きてしまった。

ああ……ヒーロー物とか異能力バトル物が読みたい……。

故に持っていく物なんてスマート端末の周辺機器、それにノートパソコンだけだ。

イクシアさんに至っては服と歯ブラシだけ。日用品は全て向こうで揃える予定なのだ。

「ユウキ。お婆さんお爺さん、それにお父さんの写真も持っていきましょう。向こうで小さなお仏壇を用意しませんか？」

「そうですね、そうしましょう」

「では、ニシダさんに連絡しておきますね」

なるほど、その発想はなかった。三人は、ずっとこの家にいる。そんな考えが頭にあった。けど確かにそうだな、毎日ナムナムさせていただきます。

「ええと……後は今月の光熱費は……あ、そうか。いない間も秋宮の人間が維持してくれるんだったな。じゃあ、本当にもう全部終わりかな」

「そのようですね。では……どうしましょう？　洗い物やゴミを増やすのも手間ですよね」

「あ、じゃあ外食にしましょうか。たぶん今日はどの家も外食だと思うので、もしかしたら鉢合わせになっちゃうかもですが」

「外食……そうですね、今日は特別な日ですしそうしましょうか。正直、おめでたい日に振舞うような料理は私には作れませんし」

「いやーそれでも美味しいですよイクシアさんの料理。失敗しないだけすごいですよ」

「いえ、本当にまだまだ全然ダメです。もっと生前、学んでおくべきでした」

シンプルだけど美味しいと思うけどなぁ。いつも添加物だらけの弁当だったので十分です。焼き魚、スープ、サラダ、目玉焼きに鶏肉の焼いたやつ。これがイクシアさんの料理。

十分です。たぶんこのローテーションがもう半年くらい続いたら流石に飽きそうだけども。

「外食っていうと……一番近い繁華街まで歩きながら決めましょうか」

「はい。どのようなお店があるのか把握していないので、ユウキが食べたい物で構いません」

「と言っても……うーん、貧乏舌だし高級な物はわからないからなぁ……回転寿司は……」

生魚、ダメだったらどうしよう。最近は魚以外のネタやサイドメニューも豊富だけど。

「カイテンズシ？　ズシという物が回転しているのですか？」

「ニシダ主任……なんで国民食とか教えていなかったんだろう。教えておこうよ……」

「国民食ですか。では、そこにしましょうか。食べてみたいです」

「一応、お寿司っていう料理をリーズナブルに、手軽に楽しめるようにと考案されたお店になりますね。お寿司っていうのは――」

青年、寿司の概念説明中。

「行きましょう。お魚は好きですし、生でも問題ありません。オサシミというのは私の生きていた時代にもありました」

「え？　あっちにもあるんですか？」

「はい。カルパッチョという似た料理もありましたし、ショウユというソースを使ったオサシミもありましたよ」

マジでか。ううむ……異世界と地球がつながる遥か昔の時代にも、もしかしたら何かのはずみで日本人が迷い込んだ事例でもあったのだろうか？

「好物はマグロです。もし食べられるのなら、とても……嬉しいです」

微かに顔が赤い。可愛い。なるほどマグロ派ですか、僕はホタテ派です。

生前祖父がホタテつまみにお酒飲んでいたのを、少し分けてもらって好きになりました。

イクシアさんの場合は自分の母親の影響でマグロが好きになったそうだ。

ああ……早く二〇歳になりたい。一緒にイクシアさんとお酒でも飲んでみたい。

§§§

「ほ、本当に回っている……なるほど、ここから自由に食べたい物を取る、と。お皿の枚数でお会計……よく考えられた仕組みです。ふむ、色と柄で値段も違うと……」

「マグロは一皿二〇〇円のお皿ですね。あ、大トロは金皿で四〇〇円だ」

「なるほど……今日は特別ですからね。少し多めにお金を使いたいと思います。ユウキも遠慮せずに、金色のお皿を選んでくださって大丈夫ですからね」

普段、決して無表情ではないのだが、大きな変化を見せないイクシアさん。

だが、今は遠目からでもわかるくらい、顔がキラキラしていました。眼福眼福。

「では……緊張しますね。は！」

「そんな勢いよく取らなくても大丈夫ですよ」

シュシュっと素早くテーブルに現れる大トロさん。

箸の使い方も慣れたもので、上手にネタに醤油をつけ、ぱくりと一口で食べています。

あ、ホタテだ。俺も取ろう。

「……はぁ、いい物です。一口で完結する完璧な食べ物ではありませんか。ああ、もうなくなってしまいました。おや？　このスマート端末に似た物はなんでしょう、ユウキ」

「あ、それは任意の種類を運んでもらうためのですね」

「なるほど……先程狙っていたマグロが他の方の手に渡ってしまい悔しかったのですが、これを使えば直接いただけるのですね」

そうか悔しかったのか。虎視眈々と狙っていたのか。なんて可愛い人なんだ。

やがて『予約』の台座に載せられて流れてくるイクシアさん宛てのお皿たち。

大トロ、中トロ、腹身、赤身、鉄火巻きにネギトロ。見事にマグロ尽くし。

負けじと俺も、ホタテ三昧を注文。なんだか楽しくなってきた。

幸せそうに一貫ずつ食べ比べている姿が、本当に見ていて癒される。

「美味しいですね、ユウキ。これからも何か特別な日には来ましょうね」

「ですね。海上都市って海の幸も多く流通していると聞きましたし、美味しいお寿司屋さんもきっとあると思います。もしかしたら高級寿司店もあるかもしれないですし」

「それは楽しみですね。いつか、私も自分で作れるようになりたいものです」

イクシアさんの手作りお寿司……いいかもしれない。そういえば手巻き寿司なんてのもあったなぁ。子供の頃、婆ちゃんがやってくれたっけ。

§§§

ドリンクバーを注文しイクシアさんの分も一緒に取りに向かうと、見知った顔と行き会った。

その両手にはメロンソーダ。やはり王道、メロンソーダ。

「サトミさんじゃん。もしかして家族で外食？」

「あ、ユウキ君。うん、そうなんだ。クラスの皆と映画館に行ったんだけど、改装中でやってなくってさ。解散しちゃったんだ」

「なるほど。よく見ると学校の連中もちらほら……みんな外食になるとここに来るんだな」

「あはは……田舎の弊害かも。あの、ユウキ君は……誰かと来てるんだね」

そう言いながら、俺が両手に持つグラスに目を向けるサトミさん。

「そ、俺の保護者をしてくれている人。家族……になるんだと思う」

「そうなんだ！　そっか、少し安心したよ。やっぱり……ね？」

「流石にこんな日に一人で外食なんてしないよ。だったら友達のとこ行ってバカ騒ぎするさ」

「あ、そういえばうちの男子もどこかに集まるって言ってたかも……大丈夫かなぁ」

流石の委員長気質。もう卒業したというのに、この気の回しようである。

すると、俺の持っていたグラスが一つ、誰かの手に渡る。

「ああ、お友達がいらしたのですね。こんばんは」

「え？　あ、あの……こんばんは」

「サトミさん、この人が俺の保護者のイクシアさん。イクシアさん、この子は俺の友達で、同じく海上都市に引っ越すことになっているサトミさん」

グラスを受け取った正体は、様子を見に来てくれたイクシアさんだった。

大丈夫、ドリンクバーの使い方は慣れたもんです。この道のプロみたいなもんですから。

「それは喜ばしい。親しい人間が近くにいると何かと心強いですからね。サトミさん、そちらも新生活が大変だとは思います。それでも暇があればユウキとも遊んであげてくださいね？」

「……あの、一応俺もう一八歳なんですけど」

そう、一八歳なんですよ。ついこの間誕生日だったんですよね、すっかり忘れてたけど。

「あはは……私も友達が近くにいるのはとても心強いですから、これからも顔を合わせる機会も多いと思います。私の方こそ、よろしくお願いします」

そうしてサトミさんもまた、メロンソーダを零さないようにソロリソロリと家族の元へ。

うーん……やっぱり子供扱いされている気がする。種族の差、だろうか？

実は一八歳も八歳も大差ないとか考えていたりして。それとも……身長のせいなのか……？

「とてもいい子でしたね。さて、では私もこのドリンクバーなるものに挑戦してみましょう。お手本をお願いしますユウキ」

「はは、了解です。じゃあコップをここに置いて――」

新生活……色々不安もあるけれど、やっぱり楽しみの方が遥かに大きいかな。

ところで……結局卒業式が終わってもまだ俺のデバイスは完成しなかったんですが。

すみませーん、ササハラですけど、まーだ時間かかりそうですかね？

§§§§

「はい、遅れてしまってごめんなさいね。チセからの謝罪の品も預かっているわよ」

「ありがとうございますアケミさん。やっぱり無茶なオーダーしすぎたんですかね」

「そうかもね。ただ、これ本当に使えるの？　ケース込みとはいえ、すごい重さよ？」

「一番頑丈な素材を選んだんですけど……たぶん大丈夫だと思いますよ」


引っ越しの前日、ようやく連絡があった。

『デバイスが完成したので明日一番に受け取りに行ってほしい』と。まさにギリギリである。

専用のケースには生体認証によるロックが施されており、俺以外では決して取り出すことができないという。値段が値段だ、当然のセキュリティですな。

「おお……すごい、これ本当にウェポンデバイスなのか……」

「すごく綺麗ね。これ本物の刀じゃないのよね？　ねぇ、ちょっと起動してみてくれない？」

「は、はい……思ったよりも重いな」

できるだけ衝撃にも魔力にも強い素材をと思い、選べる素材の中で最高品質の物を選んだ。

なんでも、グランディアに存在する素材と地球にある合金をかけ合わせた物だとか。

一般的にはゲートを通り抜けるための航空機の先端部分に使われている素材らしい。

その合金で刀身を作り、魔力が通る部分には素材ではなく、特殊な『空気』の道を作ってあるんだとか。真空タンブラーみたいな物かと一瞬思ったのだが、全然違いますよねたぶん。

ちなみに、刀身こそ刀にそっくりだが、鞘の方は完全にSFチックな黒色のゴツイ物だ。

残念、この形状だと抜刀術とかは再現できそうにないなぁ。

「ほっ！　おお！　綺麗に光るもんだなぁ」

「白色魔力光……珍しいわね、混じりっけのない白なんて。なんにも左右されていないフラットな状態。自然が多い環境で育ったなら、山や川の魔力を受けて多少は変化するのだけど」

「なんでなんですかね？　でもこの銀の刀身には似合ってるじゃないですか」

本当は、この魔力光の予測はついている。魔力は体よりも精神の影響を受けるという。

そして俺の精神は……魔力が存在しない、ただの地球の人間。その影響なのだろう。

……今の状況とか境遇は、もしかしたら俺じゃないこの世界にいた『俺』が受けるべきものだったのだとしたら……少し、罪悪感がある。けれどまぁ――なったものはしょうがないよな。

「魔力を通すと割と動かしやすくなりますね。こう、体と一体化するっていうか」

「そうね、魔力伝導率が高い素材だからだと思うわ。それにしても……シュバ学ってすごいわねぇ、こんなデバイスを生徒に作ってくれるなんて」

なお、アケミさんは俺の事情やイクシアさんの素性や境遇を知らない模様。

純粋にこれは秋宮に入学した特待生への特典という説明を受けているそうな。

「あ、それとこれ。遅れたお詫び、もとい卒業祝いだって、チセが」

「さっきから気になっていたんですけど、ニシダ主任と仲いいんですね」

「まぁね。同じ高校、大学出てるし、同じ会社だしね。向こうは超がつくエリートだけど」

「アケミさんも施設のトップじゃないですか」

「まぁね。でもここだけの話、彼女相当稼いでるわよ。給料だって私の一〇倍はカタいわ」

「ひぇ……」

小さなケースを渡され、それを開いてみると腕輪型のデバイスが入っていた。

すると、ケースが開いたと同時にスマート端末が着信する。

『これはイクシアさん用のデバイスよ。彼女には必要ないかもしれないけど、咄嗟のセーフティー代わりにはなるはず。彼女の魔法は強力ですからね。ついでに貴方の分のデバイスのメンテナンスに使える道具も一式入れておいたわ。以上、メッセージ終わり』

「こんな面倒なことするくらいなら電話したらいいのに。素直じゃない子ねぇ」

「や、でもすごく嬉しいですよ。ニシダ主任、優しいですよね」

「ま、ね。あの子苦労人だからねぇ……」

それはなんとなく見ていたらわかります。

「さ、じゃあ私からも卒業記念よ。これ、系列施設のフリーパス。本当はそこそこ値が張るんだけど、ユウキ君は実験にも協力するんだってチセから聞いてね。私からのプレゼント」

「え!?　そんな高い物なんて……」

「チセの一〇分の一の給料の私が大丈夫か心配？　安心して、平均の三倍はもらってるから」

「……露骨にお金の話出さないでくださいよ、ちょっと世知辛いっす」

「もうすぐ社会人になるようなものなんだし、現実を知っておきなさいって。じゃ、新幹線の時間もあるだろうしこれくらいにしておくけれど……デバイス運ぶの大丈夫？　重くない？」

「余裕ですね。じゃあ……夏休みにはこっちに戻ると思いますので、それまでお元気で」

「ええ、そっちもね。保護者さんにもよろしく言っておいてちょうだいねー」

そう挨拶を交わし、先程から後ろの待合室のモニタに映し出される戦いを熱心に見つめているイクシアさんに声をかける。まさか彼女が保護者だとは思わなかったのだろう。

……説明が面倒になって彼女を離れた場所に放置していたわけでは断じてありません。夢中で見ていたのでついついそのままに。夏休みにこっちに戻ったらちゃんと紹介しないとな。

§§§

「相変わらずの速度でしたね。聞けばグランディアへ向かう際の乗り物はさらに速いとか」

「コレより速いってちょっと想像できないですけどね……中の人間は大丈夫なのか」

訓練施設を後にし、その足で電車と新幹線を乗り継いだ俺とイクシアさん。

無事に東京駅に降り立ったところで、イクシアさんがこの世界の乗り物事情について語る。

「おそらく新幹線同様、空間保持の結界を展開しているのでしょうね。動くのに合わせて術式が可変していましたので、おそらく相当数の術式が駆動部に収められているのでしょう」

何それすごい。そんな仕組みだったのか。

その後、今回は誰かの迎えの車ではなく公共の交通機関を使い海上都市へ。

これからの生活のうえで、こういうのに慣れておくのは必須事項でもある。

なお今回の乗り換えはイクシアさんの操作するナビアプリ頼りです。ある意味最終試験。

まぁ、結局モノレールに乗り換える時は俺が間違いを指摘することになったのですが。

「橋に併設されたレールに吊るされるように……電車とは少し違う仕組みなのでしょう。これは……海が真下に広がっていると思うと少し恐いですね……」

「イクシアさんって海に何か嫌な思い出でもあるんですか？」

以前、俺たちの家の場所を決める時も海に対して少し過剰に警戒していたことを思い出す。

「ええ、ありますね。幼い頃、乗っていた船が難破し、浜辺に流れ着いたことがあります」

嫌な思い出ってレベルじゃねぇ！　九死に一生じゃないですか！

この話題は終わり！　閉廷！

§§§

「うわすげえ……最新の家電で揃えられてる……台所も……」

「これはすごい。ユウキの家にある道具も素晴らしいと思っていましたが……ここまで便利になるものなのですか。これなら目玉焼きを焦がすこともないでしょう」

「ですね！　これなら『お湯を沸かしていたら全部蒸発した』なんてこともないですね！」

なんだか微妙にレベルの低い会話をしているような気もするが、とにかく辿り着いた我らが新居。そして用意されていた家具家電に感激中。

温度管理から時間を管理するコンロやオーブン、水を補充しなくても魔法の力で自動で水を一定量まで数秒で補充する製氷ボックスつき冷蔵庫。

料理にかざすだけで電子レンジのように温めてくれる家電などなど……まさに未来の道具とも言える物が取り揃えられていた。すごいな……魔法と科学が融合しているこの世界は。

「魔術で行えることを道具の機能として封じ込める……魔術の得手不得手を解消し生活に役立てるとは……私の時代にあった研究の夢の形がこの世界では実現しているのですね……グランディアでもこのような便利な世界になっているのでしょうか」

「たぶん、なっているんじゃないですか？　こうして向こうの魔法をこちらが利用しているように、向こうもこちらの科学技術を吸収しているんだと思います」

「それは良かった。『手を取り合い、先へ進む』それはとても素晴らしいことだと思います」

本当にそう思う。おかげで俺も……新しい家族ができたのだから。

っと、くつろぎすぎて忘れるところだった。着いたら学園に顔を出す約束をしてたんだ。

「イクシアさん、俺は学園の方に顔を出すことになっているので、ちょっと行ってきます」

「わかりました。では私は、近隣の町の様子を見てきます。明日、一緒に買い物に行くためにも大まかな道を調べておきますね」

「お願いします。じゃあまた後で。行ってきます、イクシアさん」

「いってらっしゃい、ユウキ」

毎日、彼女にいってらっしゃいを言ってもらえる学園生活……幸せすぎでは？

§§§

「やはり広いですね……しかしこれだけ設備が整っているのであれば料理はできた方が……料理の勉強、どうすればいいのでしょうか」

真新しく、木の香りも薄っすらと感じられる新居。

自然に囲まれ、その空気が私の感覚をどんどん研ぎ澄ませていく。

……若い肉体というのは、ここまで素晴らしいものだったのですね。

そんなこと、生前は気にしたことなんて一度もなかったというのに。

「また子供と共に生きていける……私だけこんな幸福を享受していいのでしょうか……」

『生まれ変わる』と消えていったユウキの祖母を思い出す。

きっと、彼女もユウキの行く末を見守りたかったはずです。

決して彼女の代わり、というわけではありません。ですが、貴女の心と遺志は確かに私の中に宿っています。ですからどうか……この幸せを享受することをお許しください。

「荷解きは済みましたね、あらかた。最後にユウキのお父さんとお爺さん、ヨシネさんを……よし。あとは花を……買うのでしょうかね。冬でも花が買える世界……不思議です」

山の裏にあるという町へ向かう予定ですからね、お花屋さんを探してみましょうか。

§§§

山を五分ほど下ると、舗装された道に出た。車道ではないようですが、この幅ならもしかしたら車も通るのかもしれません。後でユウキに注意するよう言いましょう。

町の様子は、ユウキの故郷にある繁華街を少し静かにした印象でした。

時間によって町の顔つきも変化するのだとは思いますが、あの大量のビルが立ち並ぶ場所よりは、こちらの方がずっと過ごしやすそうです。

そうして、道順を忘れないように通った道をスマート端末で撮影、風景を保存しながら進んで行くと、ようやく大きな道に出ました。

車の通りは少ないですが、町の方々が皆同じ方向へ向かうので、私も同じ方向へ。

すると、道の先に大量の車が停められている、大きな建物が見えてきました。

あれは、おそらくスーパーマーケットに違いありません。知識にあるものよりもだいぶ大きいようですが……どれだけの品が並べられているのか、年甲斐もなく心が躍ります。

「これは……園芸用品ではないですか。ではもしかしてお花も売っているのでしょうか」

以前ユウキに教えてもらったのですが、もしかしたらスーパーマーケットではなく、さらに多岐にわたる物が取り揃えられている『総合スーパー』かもしれませんね。

「農具もしっかりとした作りでこの値段……家の周囲の土地は自由にしていいという話でしたし、小さな畑を春になったら作りましょうか」

これからの生活に思いを馳せる。この世界に来るまで久しく忘れていたこと。

なんだか心まで若返ったような自分に、ついおかしくなり笑いそうになる。

「そうですね……今日のところは料理の素材だけでも買っておかなければいけませんね」

身近にこんなに大きなお店があるのならば、生活で困ることはなさそうです。ただ……いつまでも他人の好意に甘えているわけにもいきませんし、自分で稼ぐ方法も考えるべきですね。

……私に何ができるのか。この平和な世界で役に立てるのか、それはわかりませんが。

それに何よりも……できることなら、家からは離れたくない。ユウキは家に誰かがいることそのものが嬉しいと以前言ってくれた。『おかえり』を聞くだけで幸せだと。

そんなあの子の笑顔を曇らせることだけは……したくない。

「しかし、まず当面の目標は料理のレパートリーを増やすことが先決でしょう。近くに図書館でもあれば調べられるかもしれませんね……」

大量に陳列された、味もわからない調味料や、箱に料理の写真が印刷された商品。

こういった物の活用方法も学んでいけば、きっと毎日帰ってきたユウキが……。

「今日の献立を聞いてくるんです。それで答えると、ユウキが喜ぶ……ふふ、素敵ですね」

子供が喜ぶ料理を作ることができる。それは、もしかしたら本来親が持つべき必須技能だったのかもしれません。私は……施設の管理と子供の躾《しつけ》だけを行い、時には子供に恐がられる存在でもありましたが……それでいいと、そういう役割なのだと自分に言い聞かせてきた。

けれども……欲が、出てしまった。私だけの子供がいる今の環境に満足せず、さらに求められたいと、思ってしまった。やはり……少しくらい料理を学ぶべきでした。

ユウキは鶏肉とピーマン、ニンジンが好きだと言っていた。

焼いて盛りつけることしかできない私の料理でも、彼は嬉しそうに食べてくれていた。

けれども、それが心の底からの言葉だったとは……思えません。私も飽きていましたし。

どうにかしてレパートリーを……。


『今日は値段の上がった海老の代わりに、安い鶏胸肉を使い鶏チリに挑戦しましょう！』

『わーわーパチパチパチ。でも私は鶏より海老の方が好きだよ？』

『今回の企画はお手軽節約レシピなので貴女の好みは二の次です。では改めまして――』


「これは……」

お肉売り場に置かれていた機械に、仮面の男女が料理をする映像が流れてきました。

これは……まさか料理をレクチャーしてくれる映像なのではないでしょうか？

「……なるほど、あの商品は料理に必要な調味料一式のセットでしたか」


『このエビチリの素はですね、なんと秋宮リゾートホテルの料理長が監修しています』

『へぇ、今度連れていっておくれよBB』

『はいはい、いつかね。ではまずは鶏肉の下処理から。今回はお手軽ですからね、まず――』


その映像から目が離せませんでした。手順の理由、行為の意味。そして簡単に済ませる方法。

わかりやすくまとめられた映像は、私にレシピを学習させてくれました。

「ああ、もう完成してしまいました……内容をもう一度見直したい……どうすれば……」

「あのぉ、ちょっと横に動いてもらえますか？　お肉を取りたくて」

その時、私は自分が売り場の前に陣取り、他人の邪魔をしていたことに気が付きました。

急ぎ離れ謝罪をすると、どうやらお買い物中の女性のようです。

「申し訳ありません。つい、興味深い内容に足を止めてしまいました」

「ああ『BBクッキング』ですね。私の家でもよく参考にして作っているんですよ」

「BBクッキング……この映像は、他では見られないのでしょうか？」

「見られますよ。『ぶうつべ』にチャンネルもありますし」

わかりません。それはいったいどういう物なのでしょうか……しかし、残念ながら女性はお肉を手に会計へと向かってしまいました……これは後でユウキに聞いてみませんと。

§§§

「相変わらず広い……理事長室に呼ばれたけど……緊張するなぁ」

相変わらずのマンモス校っぷりに溜め息をつきながら、本校舎へと踏み込む。

今の時期、在校生は当然休暇中なのだが、時折何か用事でもあるのか、やったらとカッコいい制服を着た生徒が歩いていた。いいな、あれ。俺もあれに袖を通すことになるのだろうか。

するとその時、俺と同じように私服姿の男子が、道に迷った様子でウロウロと歩いていた。

よく見ると、その人物は実技試験の最後に戦っていた爽やかイケメン君だ。

ふむ、ここはあらかじめつながりでも作っておきましょ。

「どうした、青年。そんな挙動不審な動きをして。迷ったのかい？」

無駄に先輩風吹かせるスタイル。

「あ、すみません、道に迷ってしまって。第二会議室という場所を探しているのですが……」

以前訪れた際にアプリを使ったので、主要な施設の場所は把握済みでございます。

「ああ、それなら本校舎じゃないね。この建物から出て、大きな訓練用ドームがある方向に第二校舎があるから、そこの二階だよ。校舎案内用のアプリもあるから使うといいよ。ほら、そこの案内板にあるQRコードを読み取るんだ」

「あ、ありがとうございます！　すごいですね……学校専用のアプリまであるなんて」

「俺も初めは驚いたよ。けど春休み中に新入生がいるなんて、何か用事でもあるのかい？」

「はい。実は今日ここに呼び出されていて……」

「なるほど。じゃあ急いだ方がいいかもしれないね」

ふむ、彼もなんらかの事情があるのだろうか？　そういえば試験の時も彼だけ担当教官の強さが違ったし、いかにもすごそうな剣を召喚していたな。

「本当だ……すみません、俺はこれで失礼します！　ありがとうございました『先輩』」

「あ、いや――」

行ってしまった。俺先輩じゃないよ、同じ新入生になるのに。まぁいいか。

なんか面白そうだし態々追いかけて訂正しなくてもいいだろう。

何はともあれ、こちらも呼び出しの真っ最中だ。至急向かわねば。

§§§

「失礼します。ササハラユウキです」

「どうぞ、入ってください」

理事長室は本校舎の最上階、五階にあった。すげぇよ……地元じゃ大型スーパーですらここまで階層はないのに。しかも第二、第三校舎も同じくらい大きいし。

通された理事長室には、やはり以前と同じ鼻から上をハーフマスクで隠す黒髪ロングなお姉さん、秋宮グループの総帥さんが待ち構えていた。

「よく来てくれましたね、ユウキ君。イクシアさんとの生活には慣れましたか？」

「い、いえ……まだ慣れてはいませんが……少しずつ打ち解けて……いえ、正直に言うと俺が一方的に緊張してしまっている、という状態です」

「ふふ、正直でよろしい。健全な男子なら当然でしょうが……貴方が不埒《ふらち》な真似をしないことを信じていますよ。私もニシダ主任も、そしてイクシアさん自身も」

開幕揺さぶりかけるのはやめていただきたい！　正直そんな生活よりも今の状況の方が緊張しています！　下手したら俺消されない？　大丈夫？　それくらいの権力ありますよね？

「さて、では本題に入ります。貴方の戦闘データや今つけているチョーカーに関わる話なのですが……申し訳ありませんが、この学園の敷地内にいる間は、自由に抑制レベルを変えられないようにこちらで制限させてもらっています。貴方は少々強すぎる。そう……ついカッとなり抑制を外された日には、教師陣が束になっても貴方を止められないほどに。事後報告、そして一方的な力の封印について、まずは謝罪させていただきます」

「な……それは流石にもっと早く知らせてくれても良かったんじゃないですか？」

早速出された本題は、少々人権を侵すような内容だった。

少なくとも……ニシダ主任も事前に知っていたはずだ。ちょっとショックだな。

けれども、学園生活で俺が三年間一度も怒らずに過ごせるのかと問われると……。

「本当に申し訳ありません。ただ……この機能は使うべきか最初は未定でした。少々我々も貴方の成長の速度を甘く見ていました。それに懸念も生まれたのです。貴方の将来について」

「俺の将来、ですか？」

「貴方はその力で何をしたいのですか？　バトラーや異界調査、グランディアの王家や貴族に仕えるという道や、地球でどこかの研究機関に属するという道もあります。ですが――」

そこまで言われてようやく気が付く。俺はこれから先も力を封じることでしか人並みの生活を送れない可能性があるのだと。

「……その顔、自分でも気が付いたようですね。貴方の活躍の場は限られるのです。そして、もしなんらかの形でその力が露呈した日には……平穏は決して訪れないでしょう」

「わかりました。力の抑制については納得します。正直、俺もちょっと自信なかったんで……ほら、組手とかそういうのでムキになってしまったり……」

「ご理解いただき感謝します。さて、実はここまでが前置きなんです。本当の本題はここから、貴方の学園生活について提案があるのです」

なんですと？　割と重大な話だったと思うんですが今の。

「貴方の将来も含めた提案です。貴方のその力を遺憾なく発揮し、なおかつ人々の助けになることができる素敵な未来を提示させてほしいのですよ」

そう言うと理事長さんは、仮面の上からでもわかるくらい、いい笑顔で語り出す。

……うっさんくせえええええええ！

「この学園には、少なからず貴方のように規格外の生徒が入学してきます。通常の生徒と一緒に講義を受けても得るものが少ない、そういう生徒が少なからず存在していました。ですが仮にも世界最高の学園を自負しています。なので、今年度からは異質な生徒だけをまとめたクラスを設立することになりました。そこで――貴方にはそのクラスにおけるジョーカーとしての役割を担ってもらいたいと考えているのです」

「はぁ……なんですか？　それ」

「……あまりそそりませんか？」

「正直ちょっとまだわからないです」

響きだけはカッコいいと思います。でも自分の生活に関わってくるとなると、流石にね？

いや、でも響きはカッコいい。本当カッコいい。

「新しく設立されたクラスの生徒は、このまま戦場に立たせても十全に戦えるような実力、豊富な知識、魔法、指揮能力を秘めています。故に彼らを成長させるために、通常の生徒と同じ指導方法では足りないと私は判断し、様々な任務、実習に出向いてもらおうと考えています」

「あ、それは本当に実りがありそうで素敵だと思います、俺も」

あれ？　普通に良くないか？　課外活動みたいなものなのだろうか。

通常の講義でも俺は十分に知識を得られるとは思うが、実際にこの世界を見て回る機会を学園側が提示してくれるのなら、願ったりかなったりだ。

「ですがそのクラスの生徒は皆、大きなものを背負っています。家名や将来仕える家、研究に従事する者。そういった生徒はまさに宝、万が一にも危険に晒すことができないのです」

「まぁそうでしょうね……というかそもそも全校生徒が守る対象なのではないでしょうか」

「ええ、それはもちろん。ですが、普通の生徒にSPが配備される、なんてことはないでしょう？　私が今言ったのは、冗談抜きにそういう護衛が必要とされる生徒たちなのです」

「うわぁ……改めて思ったんですが、俺場違いすぎじゃないですか？」

「……それについては、申し訳ありません」

きっとお嬢様やお坊ちゃんが大勢なのでしょう。どうしよう、俺いじめられない？　友達できる？　いや流石にいい歳してそんないじめやら何やらはないと信じたいが。

「もちろん、実習の際は生徒の護衛も配備します。貴方にはその一人としてクラスに入ってもらいたいのです。平時は生徒として共に学び、有事の際は……全力を発揮してもらいたいのです」

「おー確かに少しそそりますが、本末転倒では？　俺のことが露呈するのは問題なのでは？」

「大丈夫です。変装、もとい専用の装備も支給します。つまり貴方には学びつつ、非常勤の護衛となってもらいたいのです。当然、お手当も出しますし、ここで実績を積むことができれば、卒業後に正式に私の元で働くことも可能になるでしょう。将来的に、貴方を本当のジョーカーとして、世界の抑止力として働く道を提示しているのです、私は」

抑止力……随分と、話が大きくなってしまった。俺が本当にそこまで強くなれるのかはわからないが、以前ニシダ主任は『ジョーカーがいる』と言っていた。

つまり、俺がその一員になる道を提示している、と。

「……正直、絶対的な力は必要なのです。ですがそれを、私以外の陣営が持つのを許したくない。これは独善的と取ってくださって結構ですが……グランディアを我が物顔で荒らそうとする国、陣営は驚くほど多いというのが現状です。私はそれらを牽制《けんせい》し続けたいのです」

「……そう、なんですか。まぁ、その気持ちは俺にも少しわかります」

行ったこともないし、見たこともない。けど、異なる文化がある国、世界に関わりすぎるのも、侵食するようにこっちの人間が流入し続けるのも、少し嫌だなと思った。

こういう部分は元いた地球と同じだ。移民やらそういう問題が多かった気がする。

「引き受けてもらえますか？　もちろん、貴方にそういう役目が訪れないようにこちらも尽力するつもりではあります。ただ、最後の切り札が欲しいのです」

「あ、今の少しグッときました。学園の外ではこのチョーカーも自由に解除できるんですよね？　つまり、校外の実習ではそういうことがあるかもしれない、と」

「ええ。一年目はそこまで大規模な遠征はしませんが、二年目からはグランディアでの活動も視野に入れています。ですから、私としては受けてもらえると助かります」

マジでか。異世界行けちゃうのか。それで力を振るう機会もあると申しますか。

「引き受けます。お給金もちょっと魅力的ですし……そちらの援助を受けていますが、流石にもらいっぱなしなのは申し訳ないですしね」

「本当ですか!?　では、出動があった場合その都度振り込ませていただきます。のちほど書類を渡しますので、必要事項を記入してくださると助かります」

バイトのようなもの、と考えよう。平時は普通に過ごせるのなら、問題ないさ。

なぁに心配はいらん！　そんな非常事態がポンポン起きるわけがない！

「ふふ、では後で専用の戦闘服や仮面……それにコードネームも考えましょう！　ふふ、どうしましょうかね……シュバイン……豚ちゃん……ぶぅぶぅ……」

「すみません、豚から離れてください」

何このお姉さん……急にウキウキしだしたんですけど。

恐いし可愛いんですけど。そして豚がどんだけ好きなんですか。

よく見ると部屋にも絵画が……あれ？　この世界にも某掲示板ってあるんだっけ？

すげぇ見覚えのある豚の立派な絵画が飾られているんですが。

このとぼけた顔（、・ε・ ;）嫌いじゃないんだけどね。

§§§

「なるほど……ユウキが危険な目に遭うかもしれない以上、私としては諸手を挙げて賛成するわけにはいきませんが……貴方がそれを許容し、将来につながると考えているのなら、私も反対はしません。くれぐれも気を付けてくださいね、ユウキ」

「はい。勝手に決めてしまってすみませんでした。ただ……働いたらしっかり報酬も出るらしいので、少しずつ二人で自立していくための足掛かりになればな、と」

帰宅後、先に戻っていたイクシアさんに先程の話を伝えると、彼女は少しだけ難色を示したが、最後には認めてくれた。そうだよな、俺だってイクシアさんと立場が逆なら心配する。

「それにしても……ユウキはそこまで強かったのですね。私は制限を課せられた貴方しか見たことがありませんでしたが……そのうち、私にも見せてくださいね」

「機会があれば。そうですよね、少しでも心配が晴れるかもしれませんし」

「ふふ、どこまで強くても心配はしますよ？　親は子を心配して当然ですからね」

そう微笑みながら、イクシアさんが手を伸ばし、こちらの頭をそっと撫でる。

……まさか俺はこういう扱いに飢えていたのだろうか？　なんかこう……グッときます。

もう一八なのに、たまりません。これが世にいうバブみってやつなのか!?

「ところで——すごくいい匂いがしますね？　お店で何か料理を買って来たんですか？」

そしてもう一つ気になることが。家のドアを開けた瞬間、中華料理店のようないい香りがしたのだ。そういえばこっちに来る前に食べたおにぎりしか今日は腹に入れてなかったなぁ。

「ふふふ……私が作ってみました。お店には料理に使う調味料がまとめられた商品があり、中には既にある程度食材が入っている、簡単に料理を作れる商品があったのです」

「おお！　いつも眺めるだけで買わなかったあれ！　どうでした？　あれって簡単ですか？」

「ええ、簡単です。今回は少しアレンジされた物を作ってみました。さ、手を洗ってきてください、一緒に食べましょう。ご飯も先程炊けましたから」

アレンジとな。いつの間にそんな調理スキルを。

出された料理は、どうやらエビチリの海老を鶏肉に替えた物だった。

すごい、鶏肉がぷりぷりしていて美味しい、鶏肉好きだしこっちの方が好きかもしれない。

美味しいな……お惣菜よりも断然こっちの方が美味しい。俺ももっと早くこういう物に手を出せば良かったかもしれない。ついつい、ご飯を二回もおかわりしてしまった。

「美味しいですね。ですが、品数が足りませんね。もう少し勉強をしたいのですが……そうだ、ユウキに聞きたいことがあるのですが『ぶうつべ』なる物を知っていますか？」

「ぶうつべって、確か動画サイトですよね。気になる動画でもあるんですか？」

『ぶうつべ』ふざけた名前だが、本当に存在する動画サイトだ。元々は元の世界と同じ○ーチューブという名前だったらしいのだが、異世界グランディアの投稿に特化したサイトを作るべく、枝分かれして新たに生まれたサイトだそうな。ちなみにサイトの権利を購入して運営しているのは、もはや言うまでもなく、いつもの財閥、そう秋宮。

俺自身、あのサイトで『向こうの技』と呼ばれている剣術や魔法を見て参考にしていたりするのだが、どうやらあれは『特別な血筋』やら『特別な師』がいないと習得不可能だそうな。

俺も真似しようとしたができなかったし……もしかして学園で学べるのだろうか？

「良かった、知っているのですね。そこの『ＢＢくっきんぐ』というちゃんねるを知りたいのです。大変参考になる料理映像でしたので、それで勉強をしようかと」

「なるほど……うわすげぇ、登録者数が四〇〇万超えなのかこれ」

そんなに評判がいいのなら、きっとイクシアさんの勉強にも役立つだろう。

俺も勉強しようかね？　いつも作ってもらうのも申し訳ないし。

彼女に教えると、早速チャンネル登録をし、いつでも見られるように操作方法を紙に書いて渡しておく。最近ではメールやメッセージアプリでのやりとりにも慣れてきている様子なので、きっとそのうちなんでも自分で調べられるようになりそうだ。

「ふぅ。洗い物は俺がやりますね。と言ってもこの家の家電は最新なのでほぼ一瞬ですけど」

「ありがとうございます。終わったら先にお風呂に入ってくださいね」

新居での生活は、案外簡単にこちらに馴染んでくれた。生活の不安がなくなった以上、後は入学式を待つのみ、か。なんだかワクワクしてきたな。

ちなみに、お風呂は実家の三倍はある広い浴槽だったので、久しぶりに長湯をさせていただきました。いやぁ……手足を伸ばしても余裕があるって素晴らしい！

なお、イクシアさんがお風呂上がりに『これなら二人でも入れますね。明日は一緒に入りましょう。背中を流してあげますよ』ととんでもないことを言ってくれました。

もちろん丁重にお断りしました。流石にそんな状況では子供でいられなくなるので。

§§§§

こちらでの生活に慣れ、近隣の地理もある程度覚え学園のパンフレットも読み込み、いよいよ制服も届けられたある日、久しぶりにニシダ主任から連絡があった。

『迎えを寄越すので、研究所に来てほしい。イクシアさんと一緒に』と。

チョーカーの機能について知ってから、少しだけ気まずいような気持ちになっていたのだが、これをきっかけに前のように気軽に連絡が取れるようになるといいな、と考えていた。

「研究所ですか？　構いませんよ。迎えは……学園正門ですね。正午までまだ時間はありますが、学園の様子も見てみたいので早めに行きましょうか」

「ですね。じゃあ行きましょう」

敷地内の施設について説明をしながら正門へ向かう。

途中、学園の職員と思《おぼ》しき人間ともすれ違い、軽く会釈していたのだが、どうやら彼らの興味はイクシアさんに向いているようだった。そして中には、彼女同様エルフの男性、おそらく研究者だろうか？　白衣姿の人間が、興味深げに話しかけてきたのだが――

「申し訳ありません。辺境から来たものでして、そのような都市の名前すら聞いたことがあるかないかあやふやでして……」

「なるほど……こちらこそ突然申し訳ありませんでした。では、これにて」

『出身はどちらですか』や『もしやセリュミエルアーチの出身では？』と聞かれていたが、彼女は国の名前も都市の名前も知らないそうな。確かお姫様、ノルン様の国の名前だったかな。

「こちらのことばかり学ぼうとしていましたが、グランディアの知識も学ぶ必要がありますね。おそらくですが、私が生きていた時代から一〇〇〇年以上は確実に経過していますから……」

「そんなに……地球以上に歴史の長い世界なんですね、きっと」

「ええ。私が知る限りですと、私が生きていた時代ですら一〇〇〇歳を超えるエルフもいましたからね。まぁその方は特別寿命の長い方でしたが」

ここで『イクシアさんは何歳まで生きたんですか？』と咄嗟に聞きそうになったのだが、これはNGだ。流石にわかるぞ、女性に歳の話題はNGだって。

「ちなみに私は享年六四三歳でした。これですらかなりの長寿になるのですよ、エルフでも」

「そ、そうなんですね。なるほど……」

俺の気遣い返して！

§§§

正門に着く頃には正午となり、到着と同時に迎えの車がやってきたので、いざ研究所へ。

既に受験対策で訪れる全国の学生の姿がなくなっているとはいえ、それでも召喚実験を行いたいという人間が多いため、今日も研究所は混雑していたのだが、俺たちが向かうのはさらに深部、関係者以外は立ち入れない区画だ。

「どういった用向きなのでしょうか。次の実験協力は暫く先と以前言われましたよね？」

「ですね。うーん……入学にあたって最後の調整とかですかね」

チョーカーとかデバイスの機能調整とか。

そんな予想を立てつつ、ニシダ主任が任されている研究区画へと辿り着くと、区画のロビーにニシダ主任が既に待機しており、こちらの姿を認めると同時に歩み寄ってきた。

「ユウキ君。この度は本当に申し訳ありませんでした。貴方への封印処理は、上からの指示だけではなく、私の意思も確かに存在しています。無断でこのような行いをしたことに対し、私を始《はじ》めとした研究チーム全員が反省し、どのような謝罪要求にも応える所存です」

「開口一番謝罪ですか？　大丈夫ですよ、そんな怒って暴れるわけでもないんですから」

「……それは、わかっています」

ニシダさん、目の下の隈がひどいことになっているのだが、まさか眠っていないのだろうか。

「ちょっとだけショックでしたが、理由を考えれば納得もできますからね。そこまで怒ってないですよ。それに……結局は俺が調子に乗って鍛えすぎたのが原因ですし」

「……本当に怒ってない？　本当の本当に？」

「畏《かしこ》まられることの方がもっとショックなので。とりあえず今まで通りでお願いしますよ」

隣で静かに佇むイクシアさんの様子を窺う。彼女も不満そうな顔はしていない様子だが――

「ユウキだけでなく多くの子供を預かる学園である以上、こういった対策を取ることは理解できます。ですが、やはりあらかじめユウキにも相談をすべきだと思いました。総帥という方がどうかは私にはわかりませんが、少なくともニシダ女史は心から謝罪していることはわかります。ユウキも気にしていないと言っている以上、私もこれ以上追及することはありません。ですから、これまで通りの関係を築いていけると助かります」

「……はい。寛大なお言葉、感謝します」

……怒っているわけではないのに、迫力がすごすぎでは？

彼女がかつて院長を務めていたという孤児院……子供たちはいい子に育ったことだろうな。

「……では、今日の呼び出した理由の話に入らせてもらってもいいかしら、ユウキ君」

「あ、それですよそれ。謝罪のためじゃないんですよね？　どうしたんです？」

「これは総帥からの依頼でもあるのだけど……貴方『ＵＳＭ』の候補生になるそうじゃない」

なんぞ？　何かのコードネームですかね？　やだ、ときめいちゃう。

「顔に『何それ』って書いてあるわね。総帥直属の戦闘部隊、裏の私兵団みたいな存在よ。詳しいことは私もわからないんだけどね。貴方の場合はそれ以上を求められていそうだけれど」

「あー、例の護衛みたいな話ですね？　もしかして専用の装備についてですか？」

「ええ。一応、貴方自身も機密扱いだもの。素性を隠しつつ戦うための装備を用意したから、その試運転がしたいの。だから今回は全ての制限を解除、武器も無理に慣れていない刀タイプのデバイスでなく、全力を使える物を新たに用意するわ」

「おお……でもせっかくデバイスもらったのにもったいない気もしますね」

刀でシャキシャキンして戦いたいですマム。『ダァイ』とか口走りたいです！

気分は某悪魔狩りの青いお兄ちゃんですよ。クールにスタイリッシュに決めたいのですよ。

「あれ使ったら貴方だってバレるでしょ？　いっそのこと全然違う武器種を使いなさい。複数の種類を使いこなせるようにしておいて損はないわ」

「あー確かに……」

「なるほど。ユウキの装備の調整ですか。では私が呼ばれたのは――」

「はい。ユウキ君がどの程度戦えるのか、イクシアさんにもお見せした方がいいと考えました。私たち大人が何故、彼に対してこのような扱いをしているのか。他の受験生の戦いを見ていたイクシアさんにもユウキ君の力を見せることで、私たちの懸念を理解していただければ、と」

そういえば、イクシアさんは俺と同じく実技試験の会場に来ていたっけ。

これはいいところを見せるチャンスが早速来ましたな。

ニシダ主任に導かれ、その戦闘用装備が用意されているという研究室へ向かう。

するとそこには、人型のスタンドに取りつけられた、まるでライダースーツをSFチックな鎧に改造したかのような、例えるなら日曜の朝に放送しているヒーローのようなデザインのスーツが用意されていた。……ただし、カラーリングは子供受けしないであろう黒一色。

それと見逃さないからな、小さく豚の蹄《ひづめ》のマークが描かれているの。

「対衝撃、対斬撃に優れた強化繊維で編み込まれたスーツ部分と、物理、魔力両方の攻撃に強い障壁を局地的に発生させるプロテクター部分。また、全身を治癒フィールドで覆い持久力を飛躍的に上げているわ。これが貴方に支給されるコンバットスーツよ」

「おお、なんかすごそうですね」

「これがこの世界の鎧ですか。なるほど、動きやすそうですね」

「ちなみにサイズは制服を買う時に測った数値を参考にしているから、ぴったりのはずよ。ある程度伸縮性もあるから成長しても大丈夫。貴方、まだ少し背が伸びているみたいだし」

はいそうです。クラスで背の順に並ぶと前から二番目というポジションでしたが、幸い周りと比べてまだ少し伸びています。それでも一五二センチ、イクシアさんとほぼ同じですが。

……ごめん嘘、イクシアさんも実は背が伸びているそうです。体が出来上がった後はさらに自然に成長して『より相応しい姿になる』のだそうです。

「早速装着してほしいのだけど、これ瞬間装着のために対象の全身データを覚え込ませる必要があるの。向こうの更衣室で裸になって、プロテクター部分を体に触れさせてちょうだい」

「え？　なんですその素敵そうな機能。一瞬で着替えられたりするんですか？」

「ええ。一応、これがこの技術が組み込まれた世界で二着目のスーツになるわね」

着るのが恐くなってきた。武器も鎧も最高級品じゃないですか俺。

服を脱ぐため更衣室へ向かう。

そして平然とついてこようとするイクシアさんをニシダ主任が引き留める。

すみません、助かります。

「イクシアさん……ユウキ君はもう大人の男性になる一歩手前なんですから……」

「むぅ……そういうものですか。寂しいですね」

スーツの初期設定として全てのプロテクターを全裸の状態に装着して姿見で確認すると、とても変態チックな野郎の姿が目の前に映し出されました。

これはひどい。これで設定は済んだはずだろうと、速攻で取り外して服を着直す。

「終わりましたよ。これで後はどうすればいいんですか？」

「終わったみたいね。じゃあチョーカーにスーツを収納する方法を教えるわ」

「そんな機能まであるんですか……」

「ええ。これはほぼグランディアの技術になるのだけどね」

「術式空間に物質を保存するのですね。私の時代にも、希少でしたが存在していましたよ」

「そうだったんですか？　ほぼ失伝術式でしたので、少量しか保存できないのですが……もしかしてイクシアさんはその術の使い方を知っているのですか？」

「いいえ、残念ながら私はそちらの分野には疎いですね……」

……四次元ポ◯ット？　そんなものもあったんですか、古代のグランディアには。

スーツを収納する方法を教わり、今度はそれを一瞬で身に纏う方法を教えてもらう。

単純に、チョーカーの設定で制限を全解除し、そこからさらに制限を下げると装着された。

すげえ、着ていた服が消えて一瞬で戦闘スーツ姿になった。しかもヘルメットつき。

「フルフェイスなのに視界が広いですね。デザインは……すごい悪者っぽいですね」

「そう？　私はかっこいいと思うわよ。少なくとも総帥がデザインした物よりは」

そう言いながら、ニシダ主任は一枚の紙を取り出して見せた。

……あの豚じゃん！　ちょっとメカニカルなあの豚じゃん！　しかも色ピンクだし！

「ふむ……可愛らしいですね。しかし戦うのなら今の方がいいでしょうね」

「か、可愛いですか？　私にはわかりませんが」

俺もやだよ！　誰が好き好んで『(・ω・)』こんな顔して戦うか！

軽く体を動かしてみると、身体強化が行われていない状態だというのにいつもより体が動かしやすい。これもスーツの効果なのだろうか。

楽しくてついつい跳んだりしていると、今度は大きな隠し棚が壁から現れた。

「今度は武器ね。近接戦闘用の武器を取り揃えたから見てちょうだい」

「これは……これって俺が全力で使っても壊れないんですか？」

「ええ。特別な性能なんて何もない、ただ振るうためだけの機能しか持たされていない物だからね、頑丈さだけが売りかしら。一部はグランディアで見つけた武器もあるわ」

確かに確認すると、カーボンか何かのような黒い武器に交じり、明らかに金属製に見える、近代的というよりは中世時代に見られるようなデザインの刀剣類もある。

……カッコいいな、こういうのも。

「この剣も俺が使っても壊れないんですかね？」

この中で一番大きな大剣、全長が自分の身長と変わらない太めのロングソードを手に取る。

「ほう……ニシダ女史、これをどこで入手したのです？　相当な業物《わざもの》とお見受けします」

「わかりますか？　グランディアのさる貴族が取り潰された折に回収された品で、一説では神話時代に生み出されたとも言われています。ただ、魔法的な効果も一切なく……」

「いえ、ありますね。おそらくこれまではその効果が発揮されることがなかったのでしょう。

これは破損修復の魔法が込められています。材質に何か魔物が使われているのでしょう」

おお、マジか！　壊れないどころか修復機能があるとな！　カッコいいしこれで決まりなのでは？　少々重いが身体強化込みなら関係ないし、刀とは対極にある武器だし丁度いい。

「ニシダ主任、俺これがいいです。ちょっとスーツとは合わないかもですが」

「後で殺傷能力を封じる処理をしておくから、それで少しは見た目も馴染むはずよ」

「あ、なるほど。じゃあ今日のところはこれでおしまいですかね？」

「ええ、装備合わせは終わりね。ここからは実戦。またフィールドで組手をしてもらうのだけど……今回はうちの助手じゃない。本物の戦士を集めたわ」

すると、室内のモニタに訓練場の様子が映し出され、そこでは俺が今着ているのと似たデザインのスーツを着た大人たちが、それぞれの得物を手に戦闘を行っていた。

明らかに違う。俺が今まで見てきた受験生やサカタ助手とは次元の違う動きを見せていた。

どちらかというとリオちゃんに近い、実戦的な動きな気がする。

「USMではないけれど、彼らは秋宮財閥で運営している異界調査団の第二部隊よ。異界調査団本隊ほどじゃないけれど、その強さは折り紙付き。バトラーとは比べ物にならないわ」

「さっきから気になっていたんですけど『USM』ってなんですか？」

もしかしてウルトラサン――違うか。ああ、もう最新のゲームで遊べないんだな……。

「『Unknown Sword Master』、正体不明の剣の達人。私を含めて一部の人間しか知らない部隊ね。ただ総帥直属とはいえ命令を出せるわけじゃない。あくまで依頼するという関係であり、それを受けるか否かも向こう次第。詳しいことはよく知らないけれど、総帥の切り札の一つよ。だから貴方には『しっかりと要請に応えてくれる切り札』になってもらいたいのかしらね？」

「……絶対に使えるわけでも自由に使えるわけでもない部隊ですか。なんだか少し不安ですね。

で、俺を融通の利く切り札として将来使えるようにしたい……と」

もしかしたら直属というよりも個人的に契約した傭兵《ようへい》部隊のような存在なのだろうか？

「ちなみにその人たちって過去にどんな仕事したんですか？」

「そうねぇ……噂では他国の内戦に干渉して戦いを早期決着させたりもしたって聞いたわ」

「……流石にそんな仕事を未来の俺に投げないでくださいね？」

「貴方次第かしらね？　でも安心して、総帥にはさらなる切り札もある。そちらも自由に扱えるわけではないけど……一晩で世界地図を描き換えることになるような力の持ち主よ」

何それ恐い。でも逆に言えばそんなことをする必要がある事態じゃないと動かないのか。

なら俺は大丈夫だな！　まさか俺がそんな稀代のテロリストに関わるわけないし！

……フラグじゃないよ？　お金稼いでイクシアさんと平和に暮らしたいだけなんで。

「質問は以上でいいかしら？　なら早速あの部隊の皆さんと戦ってみてくれる？『一対一小隊』これまでの貴方の人生における最強の相手になるはず。勝てとは言わないから、その装備と貴方の全力でどこまでやれるか、見せてちょうだい」

「え？」

「だから、見せてちょうだい」

「勝ち抜きとかじゃなくてですか？」

やだ……この人無茶言うんだけど。モニタの中の動き見るだけでもやばい練度が手に取るようにわかるよ？　槍の穂先が見えないし、剣がぶれて見えるし、狙撃速度も精度も半端ない。

流石にこの無理難題にはイクシアさんも苦言を呈してくれるだろうと彼女を見る。

「相当な練度です。あの部隊を全員相手取れるのですか、ユウキは……」

そんな期待を込めた眼差しで見つめないでください。

「ユウキ、貴方の全力を見せてください。ただ、無理はしないでくださいね？」

「わ、わかりました。じゃあ行ってきます」

やってやるよチクショー！　いいとこ見せてやんよー！

フルフェイスソードマン、ユウキいきまーす！

§§§

集められた部隊。異界調査団第二部隊、通称『シュバインツヴァイ』。

名前の響きこそ様になっているが、その意味するところは『第二の豚』。

だが今更自分たちのオーナーのネーミングセンスに不満を持つメンバーはいなかった。

しかし、自分たちが今日ここに呼ばれた理由については、大いに不満を抱いていたのだった。

「新開発の装備の性能テストっすか。しかし小隊で呼ばれるってどんな装備なんですかね」

「さてな。だが第二部隊とはいえテストに付き合わせられるとは、我らは主戦力としては見てもらえていないのだろう。精々このテストで認識を改めてもらえるように尽くすだけだ」

本来であれば適当な戦闘員があてがわれる性能テスト。そこに、仮にもエリートに分類される自分たちが投入されたことに対し、小さくない不満が生まれていた。

さらに——自分たちの前に現れた相手が、たった一人だということが、不満に拍車をかける。

とはいえ、不満だけで終わるような人間では、今の部隊に所属できるはずもないのだが。

『これより新装備のテスト及び、特殊戦闘員の能力の測定を目的とした模擬戦を開始します』

アナウンスと同時に、今回の隊長を任されている男がすぐに部下に指示を出す。

『決して油断してはいけない、気を抜いてはいけない』と。

（一人か……嫌な予感がする。得てしてこういう場に出てくる人間は——普通じゃない）

たった一人のためにこのような場が設けられたのだとしたら、相応の理由がある。

即座にあらかじめ決めてあるフォーメーションを取るメンバーたち。

遠距離武器を扱う人間を後方に配置し、さらにその動きを悟らせないように遊撃を走らせ、前衛で距離を詰めていく形。だが——その陣形が一瞬で崩される。

前衛の目の前に現れたのは、少々体格の小さな人物。全身を黒の装備で覆い、不釣り合いな大剣を構えている。それが開始と同時に、展開を始めた前衛に向かい猛烈に駆け出し一瞬で一人を沈め、兵士が持っていた銃を奪ってみせたのだ。

「陣形C！　銃撃に備え――」

銃が奪われたことにすぐさま守りの薄い装備の者を守ろうと動いたのもつかの間、奪った銃を発砲するではなく、構えることなく即座にありえない速度で投げつけ、そのまま――

「……デタラメだろ……」

一人が銃を盾で受けた瞬間、盾の内側、即ち自分のすぐ隣にその人物が立っていた。

――それを確認したと同時に彼の意識は暗転したのだった。

対銃弾防壁では防げない重量のある銃の信じられない威力の投擲《とうてき》。

意表を突き一瞬生まれた隙に見せた、驚異的な移動速度。

部隊長を真っ先に潰す判断。それは『狂った強さを持つ』故に可能な、デタラメな戦法。

§§§

結果だけ言ってしまえば、セオリーや戦法も何もない、ただの暴力。

力押しだけで小隊が五分とかからずに戦闘不能に陥ってしまっていた。

それが果たして装備の力によるものなのか、彼の常軌を逸した身体強化によるものなのかは定かではない。だが、確かに彼は『未来の切り札』その片鱗を見せたのだった――

§§§§

『テスト終了。気を失った人間を医務室に搬送して。ユ――貴方は戻ってきてちょうだい』

ペースを握られたら負ける。初見殺しと常識外れの戦法を繰り返していわゆる『わからん殺し』に徹して思いっきり荒らして回る。初心者がジャイアントキリングをする時っていうのは大抵がそういう状況なんです。なので、今回は剣を使ううんぬんでなく、ただ全力で叩き潰す、余裕があったら適当に振り回し、とにかく攻撃し続けるという戦法を取らせていただきました。

うん、おかげで勝てたわ。だって相手だけ遠距離武器も近距離武器も全部揃って隊列組んでるんだもん。だったらそれぞれが仕事をする前に潰すしかないじゃないですか。

「緊張感が違いますね、プロの集団と戦うっていうのは。いやぁ……あらかじめ相手の装備をモニタで確認できてて良かった」

控室に戻り、ヘルメットを外しながら肩をぐりぐりと回す。

今回は本当にただの戦力分析だろうからと剣の使い方を試したりはしなかったが、一先ずこれが今の俺にできる全力だ。この結果にニシダ主任は満足してくれただろうか？

「……体質的に貴方は魔法が使えない。それは貴方の最大の弱点であり、対集団戦においても貴方は素人だからと遠距離攻撃を含めた部隊を用意したのだけど……」

「まぁ流石に武器種見たら取られる作戦くらい予想できますよ。ここが狭いフィールドなのが幸いでした。展開速度にも規模にも制限がありますし」

ゲーム脳万歳。アクション要素の入ったＰＶＰ形式のＦＰＳゲーム流行ってたからなぁ……懐かしいなぁ……その経験がまさかこんな形で生かされるとは思ってもみなかったが。

「……忘れてた。貴方の戦闘力ばかりに気を取られていたけど、戦術や用兵理論の成績も良かったのよね……それにしても、本当に速いわね。私じゃ目で追うこともできなかった」

「ええ、かなりの速度でしたね。我流ではありましたが、訓練された相手をねじ伏せるだけの力は確かにあるようです。ユウキ、相当強いですね」

面と向かって言われるとですね、照れます。でも頑張った甲斐がありますな。

とはいえ内心今も心臓がバクバクなんですよ。負けないために戦うのって緊張するんだな。

「確かに現状、あの学園に入学予定の子たちと比べるとユウキは……強すぎますね。これまでの措置やニシダ女史、それに総帥さんが慎重になるのも頷けます」

「ええ、私も今回改めて思い知らされました。ユウキ君、貴方前よりも動きの隙が減ってきているわね。ほら、これ見て。以前の映像と比べると全然違う」

「これはあれです、強化を抜くタイミングとか、入れる瞬間を見極めてるって感じです」

何か漫画で見た気がする。もううろ覚えだが、攻撃や切り返し、方向転換のような力が加わる瞬間にこそ最大の強化を施したりなんだりしてみました。手探りだけど。

「本当に魔力運用の精密さの向上に力を入れているのね。末恐ろしいわ」

「自分でもちょっとびっくりしてます。ここ最近全力で動いていなかったので。それにこのスーツすごく動きやすいですし。なんなんです？　全裸より動きやすいって」

「まぁ一応最新技術の粋を極めた作品だもの。そう言ってもらえて何よりよ」

そんな物もらって本当に大丈夫なんですかね。スーツを解除し一瞬で元の服装に戻る。すごいな、この機能も。マジで変身ヒーローみたいじゃないですか。

「さて、じゃあ装備の方は問題ないみたいだし、剣の方は一度こちらで預からせてもらうわね。殺傷能力の切り替えやそのチョーカーへの収納機能も持たせておくわ」

「ありがとうございます。じゃあ今日の予定は終わりですか？」

「ええ。予定はこれで終わりね」

「あの、私も以前いただいたコレを使った訓練を行ってみたいのですが」

その時、イクシアさんがポケットから小さな腕輪を取り出しそう言った。

あれは以前、俺のウェポンデバイスと一緒に届けられたイクシアさん用のデバイスだ。

確か術式リンカー？　魔術や魔法の発動を手助けし、コントロールを高めてくれる物だ。

つまり俺には関係ない物ですね、わかります。もう諦めました。

「なるほど、構いませんよ。私としても実際にイクシアさんが運用した場合のデータがどうなるか気になっていました。そうですね、ならユウキ君が相手として――」

「申し訳ありません、それはお断りします。私が自分の子供に魔法を向けるなんてありえませんので。何か標的のような物を用意していただけないでしょうか」

「……ええ、そうですよね。すみません、私の配慮が足りませんでした」

徹底していますねイクシアさん。いや嬉しいんだけども、ちょっと恐いです、目が。

「安心してくださいユウキ。私が貴方に手を上げるとすれば……それが必要な時、貴方が人の道を外れた時だけです。貴方はそんなことにならない。それは私がよくわかっていますから」

「……ちょっと逆に緊張しますね、そう言われてしまうと」

なんだかんだ言って、三カ月程度一緒に過ごしただけでここまで言ってもらえるのは、嬉しい半面、少し照れるというか……申し訳ないというか。

そうこうしている間に、訓練場に機械仕掛けの大きな人形が三体設置された。

隣にいたイクシアさんが珍しく体をほぐすようにストレッチし、そこへ向かう。

「……実際、私たちもイクシアさんが魔法を行使する姿は見たことがないのよ。一応、魔力運用の理論とか、現代の魔法についての知識は教えておいたのだけど……」

「イクシアさんってたぶん、元々は戦う人間だったと思うんです。彼女の過去については俺も聞いたりはしていないんですけど……そっちでは何もわかっていないんですか？」

「正確な年代はわからないのだけど、本当にグランディアの神話時代に生きていた人なのよね、彼女。神話と言っても地球とは違い、グランディアの神話って実際に起きた事件が神格化して生まれたものだから、神話と言えどその時代は確かに存在していたのよ」

「そうなんですか……」

神話時代の人物は皆、常軌を逸した伝説を持っている。俺が調べた限りでは、たった一人の人間が『広大な森を永久に凍らせ封じた』やら『大陸を剣の一振りで分断した』やら、それこそおとぎ話のような逸話が残されていたが……流石にこれは誇張された伝説だろう。

だがイクシアさんがどんな魔法を使うのか、その好奇心だけは大きく膨らみ続け、今脳裏を過った伝説ほどではないにしろ、すごいものを見せてくれるのではないかとワクワクしていた。

『では訓練を開始します。デバイスを使い任意の魔法でその標的を攻撃してみてください』

『了解しました。では、まいります』


うむ、佇《たたず》まいが綺麗だしかっこいい。……いいなぁ、彼女の隣で戦いたいなぁ。

イクシアさんがおもむろに腕輪をした手を顔に掲げ、そのまま前へと勢いよく突き出すと、まるで手から伸びるように青い光が飛び出し——

「うおおお！　何あれかっこいい！　あんな魔法あるんですか」

「酸素と魔力、本人の資質による炎色反応ね。あれは……かなりの高温よ」

「青い炎ですね。でも、炎ってあんな形になりましたっけ？」

「さぁ……あれが神話時代の魔法なのかしら」

彼女の右手には、青い炎が剣の形を成して存在していた。剣の形……むしろ物質としてそこにあるような存在感を放っている。正直、羨ましくてもんどりうってしまいたいくらいです。

ええ……俺ああいう魔法こそ使いたかったんですけど……。

すると彼女の姿が消えた。青い火の粉だけが微かに残り、気が付くと炎の剣を持ったイクシアさんが、標的から遥か離れた場所で自分の魔法の調子を確認しながら立っていた。

『終了しました。どうやら最低限の魔力でもある程度安定して出力を維持してくれるようですね。ただ、今回私が選んだ術では殺傷能力を抑えきれないみたいです』

『は？　いえ、ですから――』


その時、三体の標的の手足から炎が噴き上がり、こちらまで届く異臭と共に床に転がる。

「………………やっぱり俺が切り札とかおこがましいんじゃないですか……？」

「……速度だけ見るとユウキ君、貴方の方が上よ。今後は動体視力や感覚面の強化にも力を入れるべきね。ただ……あれ、魔法じゃないわね。魔導よ、魔導」

「魔導と魔法って違うんですかね？　実は魔術と魔法の違いすらわからないんですけど」

「単純に威力の差みたいなものよ。実際には術式の構成が違うのだけど。ただ、魔導っていうのは非常に複雑な術式を編み込んで発動させる、大規模な範囲に効果を及ぼすものなのよ」

「ん？　じゃああれって規模的には魔法なんじゃないですか？」

「解析の結果、使われている術式の数、密度が知られている魔導と比べても遜色のないレベルで組まれている……広域破壊兵器を一か所にまとめた感じと言えばわかるかしら」

ヒェッ！　あの剣そんな物騒な物なんですか！　何それめっちゃ恐い。

「一瞬であれほどの術式を組める知識に魔力量……神話の時代というのは、みんなあれほどの強さを持っていたのかしらね……」

たぶん、それは違う気がする。そんな強い人間がごろごろしていたら、きっと現代だってそういう人間がごろごろしているはずだろう。

色々考えているうちにイクシアさんがこちらに戻り、腕輪を外しニシダさんに手渡す。

「申し訳ありません、外見上は破損していないのですが、やはり使用した術に問題がありました。内部の構造が熱でやられてしまったみたいです。魔力の流れで壊れることのないように加減はしていたのですが、温度にまで気が回っていませんでした」

「い、いえ……こちらも課題が見つかり助かります。調整後に自宅にお届けしますね」

「お手間を取らせて申し訳ありません。ユウキ、どうかしましたか？　そんな顔をして」

はい。正直羨ましすぎてつい。ないものねだりしたいお年頃なんです。

いや本当に……本当になんで俺は魔法が使えないのでしょうか……。

その気持ちを素直に言えるほど、僕のプライドは小さくないので黙っておきますが！

いいんだいいんだ……いつかそれっぽいオーラとか出せるように頑張るから！

§§§

こうして、思いのほか早く自分の全力をイクシアさんに披露する機会に恵まれた俺は、いよいよ二週間後に控えた入学式に向け、今から自室で予習復習に励むのであった。

なお、流石に高校までとは違い勉学としての色が濃くなってきたので、徐々に僕のモチベーションも下がりつつありましたとさ。

「さてユウキ、今日は揚げ物に挑戦してみましたよ。大好きな鶏肉をから揚げにしてみました。さ、温かいうちに食べましょう」

「おお！　今行きます！」

が、日々の生活が幸せすぎるのでモチベーションなんて毎日回復するんですけどね。

イクシアさんが毎日色んなことに挑戦するので一緒にいて楽しすぎる。

初めのうちは異世界のような現実世界、一種のパラレルワールドにでも迷い込んだのだろうと、楽しさ半分恐さ半分、そんな気持ちで揺らいでいた俺の新しい生活。

好きなアニメもゲームも極端に少ないこの世界への悲観も少なからずあった。

けれども、魔法という新しい存在、そして何よりも……新しい家族ができたのだ、もう俺の中の悩みなんて全部消し飛んでしまった。

この先の学生生活、次はどんな新しい驚きが俺を待っているのか今から楽しみだ。

「さぁ、ではいただきましょうか」

「はい！　いただきます、イクシアさん」

ま、学生生活もだけど、イクシアさんとの日常生活も同じくらい楽しみなんですけどね？

番外編　子供と正義の味方

イクシアの体が生成され、初めて培養槽から外の世界に降り立った日まで時は遡る。

召喚主であるユウキとの同居の前に、ここ地球の知識、情勢、歴史を一般人レベルまで教育することが、ニシダ主任を含む研究チームのもう一つの業務であった。

尤も――主にそれを担うのはニシダ主任なのだが。

「あ……と……すみません、ニシダ女史」

「いえ、こちらこそ準備が悪く申し訳ありません。すぐに歩行補助具を用意します」

今まで培養液の中でほぼ重力のない生活を送っていたイクシアは、培養槽から降り立つとすぐに体勢を崩しふらついてしまう。が、それをニシダ主任が受け止め、すぐに歩行補助具、例えるなら乳幼児の掴まり歩きを補助する器具を大人サイズにした物を用意させる。

「まだ全身の筋肉が万全ではありません。今日から三日ほど体を慣らしていきましょう、イクシアさん。その後、この世界について詳しいお話をしていきたいと思います」

「ありがとうございます。……すごいです、水槽の中からでは見えなかったのですが……本当に随分と発達した未来なのですね……この部屋一つ取っても知らない物だらけです」

イクシアは、今まで見えなかった位置にある照明や大きなディスプレイ、その他様々な研究機材を前に好奇心を抑えられないでいた。

「体がある程度できてきたら、培養槽の中でお話しした現代の知識、常識についてもっと詳しい解説や、歴史書、専門書などをお持ちします。質問もなんなりと受けつけますので、将来召喚主であるユウキ君と暮らすため、一緒に学んでいきましょう」

「はい、ぜひお願いします」

そうして、彼女のリハビリとこの世界の常識を学ぶ、教育期間が始まったのであった――

§§§

「お疲れ様ですイクシアさん。ではこれで今日の講習は終わりです。午後はご自由にお過ごしください。質問などがあればいつでも受けつけますので」

「ありがとうございましたニシダ女史。しかし、この地球という世界は……随分と貧富、文化に格差のある世界なのですね？」

「ええ、お恥ずかしい話ですが……。ですがグランディアとつながり魔力が流れ込んできて以来、これまでよりも遠くの地までインフラの整備が行き渡り、労働の場を増やすことにも成功しています。グランディアよりも狭い世界だというのにお恥ずかしい限りですが」

「いえ、それも理解できる部分もあります。この地球は……あまりにも人種が多く、国家や民族の数も多いですから。そういった意味では多様性に優れていると言えるかと思います。私が生きていた時代は……この世界よりも人種が少ないにも拘《かか》わらず、深刻な人種差別や一方的な支配が横行していましたから……」

「そう、ですか。しかし本当にイクシアさんは吸収が早くて驚きです。流石元研究者ですね」

「いいえ、研究職に就いていたのは短い期間でしたから。それで……今日の講習で気になる部分がありましたので、早速お尋ねしたいのですが……」

イクシアが教育を受け始めて一カ月。季節は秋から冬に差しかかろうとしていた。

研究所からいまだに外に出たことのないイクシアはまだ、季節を感じることはできないでいたが、それでもテレビなどの情報から、まもなく冬がやってくると理解していた。

「今日教えていただいた『受験戦争』というものについて詳しく教えていただけないでしょうか？　『戦争』と名がつく以上、おそらくただ事ではない行事なのだとは思うのですが……私は子供たちにそんな恐ろしい行事に参加してほしくはないのです……」

イクシアは、少々言葉をそのまま受け取りすぎる癖があるようだった。

「受験という概念は知っています。私も生前、そういった教育機関の入門を目指す子供たちに厳しく教育を施していた経験があります。しかし戦争とは……この世界の受験はそこまで過酷な実戦が伴うのでしょうか？　子供同士が争う、そんな大規模な戦闘が……？」

「それは物の例えですよ、イクシアさん。実際に人が生き死にするようなことはありません。ですが……地球上の全ての国がそうとは限りませんが、その後の人生を大きく左右することはありますね。そのために上を目指す子供やその両親は、戦争さながらに過酷な勉学に励み、他の子供から入学の席を勝ち取るために日夜努力しているのです」

「な、なるほど……では彼、ユウキ君も将来そういった戦争に挑むというのでしょうか？」

イクシアは一人覚悟を決める。もうすぐ自分の家族となるあの少年が、この女史の語る戦争に挑むのだ。その時自分は必ずその戦争を勝ち抜き、幸せを二人で掴み取るのだと。

「あ、ユウキ君はもうこの国最高の教育機関に入学することが決まっているので、受験戦争とは無縁ですよ。もしかしたらその後の進路で、競争率の高い道に進む可能性はありますが」

「そ、そうなんですか！　良かった……あの子が成長していく道に、戦争という障害がないのならそれに越したことはありませんから……」

その少々度を越した心配っぷりに、思わず苦笑いを浮かべるニシダ主任であった。

§§§

自由時間、イクシアは研究所の居住スペース内なら自由に出歩いていいとされているため、今日も日課となりつつある、職員の休憩スペースにてテレビ鑑賞をしていた。

別段誰かがチャンネルを決めているわけでもなく、その時誰かが見ていたり無造作に切り替えた番組をただつけたままにしているだけの、本当にただ時間を潰すための場所。

イクシアはそこでテレビから様々な情報を仕入れ、それを近くにいる休憩中の職員に尋ねたりしているのだ。

「む……これは全国ニュースですか。離れた地の出来事もすぐに知ることができるとは……」

放送中のニュース番組にて、どこかの地方自治体で行われている収穫祭が特集されていた。

映し出されている映像には、大人と子供が一緒になり、とても大きな鍋で料理をするといった内容があり、子供たちの笑顔が全国に向けて発信されていた。

「はぁ……なんて素敵な笑顔なのでしょう……あんなに楽しそうに……お料理が楽しいのでしょうか、それともこの行事が楽しいのでしょうか……」

思わず同性でも見惚れてしまいそうな横顔で溜め息をつく。

そして次に流れてきた、アットホームとは程遠いニュース速報。

『続いてのニュースです。先月末、○○県で起きた強盗殺人の容疑者として――』

たとえ、魔法と交わり文明のレベルが進んだ世界だとしても。

犯罪は決してなくならず、悪い意味での多様性や手口の複雑さ、凶器となる物の豊富さは社会の利便性に比例するように増え、高まっていく。

『――小学校に立て籠り、現在も多数の生徒が人質となっています。現場の浜崎さん！』

『はい！　先程犯人の男から新たな要求がありました！　〝逃走用のヘリを屋上に用意しろ、さもなければ子供を一人ずつ殺す〟とのことです。未確認ではありますが、関係者によると人質とされた子供は既に傷を負っているとの報告もあります！　現場からは以上です』

『……一刻も早い事件の解決を祈るしかありません。アナウンサーではなく一人の大人として、子供の無事を切に祈ります……』

その凶悪事件の報道は、休憩所にいた他の職員たちもが思わず眉を顰《ひそ》めるほどのもの。

そしてイクシアは……テレビで放送された、あまりにも非道な、自分が最も許せない凶悪すぎる犯罪を目に、正気を保っているのがやっとの状態に陥っていた。

「なんと……なんと卑劣な……野放しにしておくものですか……そんな悪漢……必ず罰を下さないと……この国の治安維持組織は動いているのでしょうか……！」

メラメラと怒りの炎を目に宿し、イクシアは密かに決意していた。

『この研究所から抜け出し、あの事件の起きた場所に突入して悪漢を成敗してやる』と。

§§§

「ニシダ女史、今お時間よろしいでしょうか？」

イクシアは早速動き出すべく、ニシダ主任の研究室へ足を運ぶ。

自分の境遇からして外出は不可能、ましてやこれから自分がしようとしていることなど、到底許可を得られることではない。

恩義を裏切るような行為かもしれない、だがそれでもイクシアはニュースを見てしまった以上、何もしないではいられなかった。

「どうしましたか、イクシアさん。何かご質問でしょうか？」

「質問、というよりもお願いですね。以前、教材として使わせていただいていた『すまーと端末』なのですが、確か地名を調べたり覚えるための機能があったと思うのです。早くこの国の地理を覚えるためにも、休憩時間に復習も兼ねて操作方法を学びたいと思っているのですが」

「なるほど……まだ外部の情報を自由に閲覧できる状態の物を渡すことは禁じられていますが、そういった目的ならば……ＧＰＳ情報だけを習得できる端末をお渡しします。調べ物はできませんが、地理情報は自由に閲覧できる物です」

まずイクシアは、現場に辿り着くために地図を手に入れることにした。

以前、研修で使わせてもらった際に彼女は『自分の現在地がわかり目的地までの距離、方向を案内してくれる魔法の地図』を使わせてもらったと記憶していた。

自分が現場に向かうにはそれを使うのが一番だからと、嘘をつくことに罪悪感を抱きながらも、端末を受け取ることに成功したのであった。

「では、これで地名を学んできます。ユウキ君の住んでいる場所や近隣について、ある程度学んでおけばきっと会話の種になると思いますから」

「ふふ、そうですね。予定では今月中にユウキ君と顔合わせが実現します。楽しみですね」

「はい、それはもう本当に……早く彼に会いたいです……」

その時に、胸を張って会えるように。だから行くのだと、イクシアはさらに闘志を燃やす。

§§§

「ふむ……漢字の読み方、種類の多さには正直めまいがしてきそうですね……新聞という物には……ありました！　ひらがなのふりがながあります！　ではこの地名を……」

休憩所に置かれている新聞を手に、事件の起きた小学校の名前を地図アプリに打ち込む。

無事にその場所が表示され、自分の現在地と現場の距離を確認、その距離は――

「海上を直進しても約一〇〇〇キロ……かなりの距離ですね……」

それは、あまりにも遠すぎる距離。テレビの中継の概念をどこかまだ理解しきれていない彼女は、その報道がどこか身近な場所で起きているものだと勘違いしていたのだ。

まさかここまで離れているとは思っていなかったのだろう、彼女は一人思案する。が――

「……次は抜け出す方法ですね。この距離なら四時間、いえ、もう少し早く到着できるでしょう。周囲に私の存在がバレないような軌道で……いけますね」

忘れてはいけない。彼女は神話時代のエルフ、それも戦いに従事した経験もある、その時代で上から数えた方が早いほどの使い手だった。

彼女は研究所から抜け出すため、いくつものセキュリティを突破する必要があると理解した。

しかし、彼女はいとも容易《たやす》くそれらを突破してしまう。

そう、現代の魔法科学など彼女の手にかかれば難なく突破できてしまう。

あっという間に研究所の外に抜け出したイクシアは、そのまま人目を避けて誰もいない場所に身を隠し、魔法……いや、遥かに高等な魔導を展開する。

「やはり生前ほど自由に行使はできませんか……距離がこの程度で今の出力なら……あのビルの高さで……気流の流れはまだ計り切れていませんがいけます……ね」

超人じみた身体能力で、あっという間にビルの屋上まで駆け上がり、彼女は正確に目的地である小学校の方向へと向き直る。そして……屋上からさらに高く跳躍し、空中で目に見えない何か、風の滑り台にでも乗ったように滑空し始める。

「速度をもう少し……まだ風と炎の魔力しか扱えない……時間がかかるかもしれませんね」

空中を猛烈な速度で滑空する。微かに自分の脚部から炎を噴き出し、さらに加速する。

奇《く》しくもそれは、領空侵犯などを察知するレーダー探知高度ギリギリの高さであった。

彼女は向かう。子供たちが今まさに命の危険に晒《さら》されている小学校へ——

§§§

幸運にも誰にも見つからなかったイクシアは、小学校の裏手に静かに着陸した。

流石に報道陣が密集する近くには降りられないからと、密かに校舎裏に降り立ったのだが、それが幸いした形だ。

「……魔力を感じます……小さな子供の……こんなにたくさん……！」

校舎に残されていた生徒数約一七〇名。教師を追加し一八四人が体育館に監禁されていた。

通常一人でそんな大人数を監禁するなど至難の業だ。だが、この世界には魔法が存在する。

魔法を応用した兵器も、装置も、警備システムも存在している。

それらに精通し、そして一般人よりも魔法に秀でている人間にとっては、たかだか二〇〇人にも届かない人間を監禁、身動きの取れない状況に追い込むことなど、造作もなかったのだ。

「もう少し現代の魔導具に関する知識を学んでおくべきでした……どうやら校舎全体に侵入者を感知する結界が張られているのでしょうね。これは帰ったら勉強することが増えました」

尤も、彼女は既に『国の中でも最高峰の厳重さを誇る研究所から秘密裏に抜け出して』来たわけなのだが。つまり、学校が不審者対策に常備している魔導具など、ないに等しいのだ。

すんなりと内部に侵入したイクシアは、校舎内を慎重に探索していく。

たくさんの子供たちが学び、楽しみ、健やかに過ごしていく小学校。その子供たちの残滓《ざんし》、楽しげな空気が色濃く残る校舎内を進みながら、彼女は子供たちの無事を祈る。

「これは……写真、ですか。……ふふ、可愛い。こんなに楽しそうに……」

廊下に張り出されていた、一年間の学校行事の際の記念写真たち。

きっと、この写真の中の笑顔を取り戻してみせると、彼女はひた進む。

犯人が立て籠る体育館へと。

「しかし、私の正体が露見するのはよろしくありませんね……誰にも目撃されずに事を終わらせる必要があります……今がまだお昼なのが悔やまれます」

闇夜に乗じて標的を撃破することくらい、彼女には造作もない。が、今はまだ午後の日差しが照らし出す日中。どうにか自分の存在を隠したまま解決しなければと、彼女は頭を悩ませる。

「おや、これは……！」

§§§

監禁場所となっている小学校の体育館。

子供たちはロープで手足を縛られ、二人一組で対面して座らされていた。

『目の前の相手が怪しい動きをしたら報告しろ。報告を忘れたら忘れた方に罰を与える』

既に、体をよじるようにした生徒と、それをただ見ていた生徒、その両方が犯人により制裁を加えられていた。死なない程度に、死体が増えて面倒事が増えない程度に、それでも恐怖で全体を縛るような、とても子供に行うべきではない暴力により場を完全に支配していた。

「オメェら！　こうはなりたくねぇよなぁ!?　喜べ、警察病院ってのは優秀だ！　手足ぶった切られても半年もすりゃ完治させてくれる！　けどなぁ？　死んだら治せねぇんだよ！　このガキみたいに面白い方向に足曲げられたくねぇよなぁ!?　オイうるせぇぞガキども！」

体育館に響き渡る怒声。そして『この相手には決して反論してはいけない』という空気。

恐怖に支配され、ただ絶望だけが子供たちに、そして教師たちにまで伝播していた。

『不審者用の魔力式警報装置』も『対侵入者用ウェポンデバイス』も全て掌握され、犯人自身も元プロのバトラーということもあり、一般人では到底太刀打ちできない相手。

子供たちよりも大人たちの方が、より今が絶望的な状況なのだと理解していた。

ステージに上がり、全体を見渡しながら犯人はマイクを手にする。

それは体育館内に設置されたスピーカーにのみならず、校舎外へ向けてのスピーカーにも声を届ける。そう、犯人は先程からこれを使い、外にいる警察に要求を伝えていたのだった。

§§§

『そろそろこっちの我慢も限界だ！　とっととヘリを屋上に用意しろ！　この学校には過去にヘリの降下記録があるって知ってんだよ！　下手な言い訳するならガキが犠牲になるぞ！』

男の要求が校舎の外にも響き渡り、警察関係者は歯ぎしりをする。

交渉の余地がないのだ。警察側からの要求を伝えることがほぼ不可能であり、外部から連絡を通すことができない。電話も通じない、防音が完璧なのか、外からの拡声器も届かない。

時間稼ぎの手段もなく、ヘリの用意がされるか否か、学校の随所に設置された監視カメラで確認しているだけ。それを逆手に取り、メッセージを書いたプラカードで交渉を試みるも、結果それに返ってきたのは……スピーカーから流れる子供の絶叫と多数の悲鳴だった。

一刻の猶予もない。要求を呑むことしかできないのかと、敗北の空気が辺りを覆い始める。

だがその時、周囲の空気を揺るがす異音が、校舎のスピーカーから響き渡る。

まるで、マイクを落としたような、蹴飛ばしたような鈍い音とハウリング音が周囲に響く。

まさか内部で何か大きな動きがあったのか、犯人が暴れているのかと緊張が走る。

が、実際はその真逆。事件は今まさに解決へと向かっていたのだった。

§§§§

「お前……なん……だ……」

「悪党に名乗る名などありません」

突如として入り口が開いたかと思うと、犯人が反応するよりも早く、まさに電光石火の速さでイクシアがステージの上に飛び乗り、犯人の腹部に拳をねじ込み意識を刈り取っていた。

その顔にはどこからか用意してきたのか、鬼のお面が装着されており、それは子供たちが今度の季節行事である節分に向けて作り上げた作品の一つであった。

「……お騒がせしました。犯人はもう数時間は意識を失っているはずです。先生方はすぐに拘束、外の人間に助けを求めてください。では、これにて失礼しますね」

その一瞬すぎる出来事に悲鳴も困惑の声も上がらず、教職員も生徒も呆気に取られていた。

「待って！」

立ち去ろうとする彼女に待ったをかけるのは、犯人に直接捕まっていた人質の少年。

既に何度かぶたれたのだろう、腫れた頬や痛そうに足を引きずるその姿に、イクシアは悲痛の表情を鬼の面の下で浮かべる。

「ありがとう鬼さん……助けてくれてありがとう」

恐る恐る、不格好な鬼の面をつけた謎の人物に言葉をかける。

恐ろしい状況でさらに謎の鬼の登場だ。鬼が事件を解決したのだと理解するよりも先に恐怖が勝つ。だがそれでも、少年は立ち去ろうとする鬼をそのまま行かせてはいけないと本能で理解し、感謝の言葉を述べる。

それが、その様子がイクシアの胸を強く打ったのだろう。

「……はい、どういたしまして。ごめんなさい、私は回復の魔法は使えないのです、すぐに外の人に治療をしてもらってください。よく、頑張りましたね」

思わず足を止め、小さな体を優しく抱きしめ、そう言葉を残したのだった。

そっと抱きしめた後、教員たちの拘束を最後に解き体育館を去るイクシア。

借りていたお面を元の場所に戻した彼女は、人が増える前に足早に校舎の裏へ回り込み、帰路へつく準備を始めたのであった。

§§§

「……この世界でも夜空は変わらず美しいですね、初めてでした」

研究所への帰路、相変わらず低空をものすごい速度で滑空して移動していたイクシアは、ようやく外の景色に意識を向ける。やはり現場に急行することしか頭になかったのだろう。

欠けた月を横目に、研究所のある海上都市を目指す。

一瞬『このままユウキ君の住む家に向かってしまいたい』という欲が湧いてしまう。

「皆さんにご迷惑はかけられませんからね……さぁ、今度は研究所に潜入しませんと」

結果だけ言えば、やはりイクシアにとって現代の警備システムはないに等しいものだった。

監視カメラの死角を理解し、人の陰に隠れ、ある時は魔法で体温を誤認させたり、そもそも警備システムに使われている術式を乗っ取ってみたり。息をするようにこの国で最も警備が厳重な施設の最深部、機密の塊であるイクシアが生活するスペースに戻ることができた。

「良かった……どうやら騒ぎにはなっていないようですね」

再び休憩スペースにやってきたイクシアは、今回の外出で役立ってくれたスマート端末を、まるで頑張った子供にするかのように優しく手で撫で上げる。

「本当によくできた子ですね、まったくどういう仕組みなのでしょうかね？　インターネットなる魔法の世界につながることはできないはずなのに、まるで魔法のように自分の居場所や他の場所までわかってしまう……今度この仕組みについて聞いてみないといけませんね」

そう呟いていた時だった、丁度ニシダ主任が慌てた様子で彼女の元へやってきた。

「イクシアさん、探したんですよ？　こんな時間までどこにいたんですか？」

「これはニシダ女史。いえ、少し静かな場所で端末の操作を勉強しようと――」

そこでイクシアは思い留まる。『自室にいたという嘘は絶対に見抜かれる』と。

「研究所内で一番静かな場所、と思いまして、使われていない資材部屋にお邪魔していました。とても静かだったのでついつい時間を忘れてしまいましたよ」

「資材置き場に……あの辺りは基本的に研究員専用の区画ですので、用事がない時は極力立ち入らないようにお願いします。でも良かった……やはり誤作動だったようですね、資材置き場付近の区画は極力電波や魔力の影響を受けないように特殊な材質でできているんです。その影響で端末が不具合を出していたようです」

「ふ、不具合ですか？」

「ええ。先程その端末の所在地が遠く離れた地になっていたり、かと思えばありえない速度でこの研究所に移動したり……ＧＰＳの信号が反響して誤動作を起こしていたのでしょう」

「な……なるほど……？」

イクシア、地球で第二の生を受けて初めて恐怖を感じる。それはまるで『悪戯が親にバレてしまうかもしれない』、そんな子供が感じる類の恐怖ではあるのだが。

「そ、それでは端末はお返しします。どんな場所でもこれがあれば行けそうですね……？」

「ええ、そうですね。現在地から目的地までどうやって行けばいいのかまで教えてくれますから。きっと彼……ユウキ君と暮らす上でも役立つはずです。それにそろそろ研究所外での実地訓練もあります。アプリを活用して公共交通機関の訓練をすることもありますから」

「私なら、大抵の場所には自力で移動できますが……やはり交通機関を使う必要が？」

「当然です。イクシアさんでしたら身体強化などの方法で常人より遥かに速く移動できるでしょうが、それは犯罪になってしまうので、くれぐれも特例がない時は魔法は禁止です」

「わ、わかりました……くれぐれも気を付けたいと思います」

そうして立ち去っていくニシダ主任を見送り、珍しく冷や汗を拭うイクシアであった。

「……寿命が縮むとはこういうことを言うのですね……久方ぶりの感覚です」

§§§§

翌朝、朝食の時間になりイクシアは食堂へと向かう。

最初のうちはこの食堂の『ビュッフェ』形式に混乱していたが、今ではしっかりと『自分が食べたい物だけ大量に取る』という、ある意味正しく、間違いでもある食べ方をしていた。

「ふむ……このようなお魚が毎日食べられるとは……私も作れるようになりたいものです」

そう、今日のおかずの一つである鯖の塩焼きを食べながらしみじみと呟く。

「イクシアさん、隣よろしいですか？」

「これはニシダ女史。ええ、もちろん」

「……またお魚ばかり食べているのですか？」

「ふふ、安心してください。その分お昼は野菜をメインに食べますから。ここの食事はとても美味しいですね、いつかユウキ君にも食べさせてあげたいものです」

「気に入っていただけたようで何よりです。ユウキ君についてですが、今月末辺りには顔合わせの予定ですから、それまでに必要なカリキュラムは終わらせておきませんと」

「……地下鉄の乗り換えとモノレールの乗り換えですか……知識では理解しているのですが……自信がありません、正直」

「正直それに関しては私も同じですよ。ですが『そういうものだと知り経験した』という事実が大事なのです。そこからさらにユウキ君との生活で学んでいくことが大事なんです」

「なるほど、そうですね。……本当に楽しみです、彼と会える日が」

そう、心から恋い焦がれるように語るイクシアであった。


『続いてのニュースです。今月二日から続く小学校立て籠り事件が解決したと、この度正式に警察より発表がありました。負傷者は子供が四名、いずれも命には別状がないと――』


その時だった。食堂のテレビに、世間を騒がせていた凶悪な事件が無事に解決したというニュースが流れ、食堂内からもちらほらと安堵の声が上がり始める。

「良かった……イクシアさんもこのニュース、知っていましたか？　正直刺激の強い内容だとは思っていたのですが……解決したようで良かったですね」

「……ええ、本当にそうですね」

誰にも語られることのない、イクシアの初めての外出。

一人満足感を覚えながら、彼女は事件の解決を心から喜び、噛みしめる。

「……ふふ、本当に幸せそうに食事をしますね、イクシアさんは」

「ええ、そうかもしれません。今朝の食事はいつもよりすごく美味しく感じられるので」

こうして、彼女の初めての冒険は幕を閉じたのであった――

《了》

あとがき

（｀・ω・´）初めましての方は初めまして。お久しぶりの人はお久しぶりです。

作家を名乗る豚、藍敦《アイアッシ》と申します。ちなみに音読みで（ラントン）です。

今回は『パラダイスシフト』を手に取って頂き、誠に感謝致します。

今作は私の前作である『暇人、魔王の姿で異世界へ』と、共通の世界観で展開される、半分現代ファンタジーという扱いの作品になっております。とはいえ、今作はかなり未来の時代を描く作品ですので、前作は読まなくても特に問題はないようなお話になっております。

ただ『こういう歴史があった』『こういう人がいた』程度に思って頂けると幸いです。

しかし、まさかこの作品まで書籍化されるとは思ってもみなかったので、正直このあとがきを書いている最中も信じられない気持ちでいっぱいです。

『本当に本になるのか』『途中で停止されるかも』そんな具合に疑心暗鬼状態でした。

実質〇ッポです『その点（｀・ω・´）ってすげぇよな最後まで疑心たっぷりだもん』です。

ところでこの作品のタイトルなのですが、実際に存在する言葉である『パラダイムシフト』と『パラダイス』を組み合わせた造語となっております。

これは簡単に言うと『新しい段階にシフトする』という言葉と『楽園』を組み合わせた意味でして、つまり『楽園にシフトした』的な意味合いを込めたタイトルだったりします。

ただ、結構『パラダイムシフト』という言葉そのものを『パラダイスシフト』と間違えて覚えている人が多いようなので、これを機に覚えておくと、どこかで使う際に間違った単語を言わずに済むかもしれません（笑）。

物語はまだ最序盤、本格的なスタートとなる学園に入学するまでの期間を綴った第一巻となりましたが、次回からはより本格的な物語が始まる事をお約束します。

どうかこれからも応援して頂けると、作者である豚も喜んで木に登らせて頂きます。

最後にもう一度、この本を取って下さった読者の皆さん。そして作品作りを助けて頂いた編集者さん、出版社の皆さんに深い感謝の念を捧げ、今回の〆の挨拶とさせて頂きます。

敬ぶぅ（｀・ω・´）

ブレイブ文庫

悪逆覇道のブレイブソウル
著作者:レオナールD　イラスト:こむぴ
1巻発売中!
ゲームの悪役に転生した俺が、
全ての鬱展開をぶち壊す!
『ダンジョン・ブレイブソウル』――それは、多くの男性を引き込んだゲームであり、そして同時に続編のNTR・鬱・バッドエンド展開で多くの男性の脳を壊したゲームである。そんな『ダンプレ』の圧倒的に嫌われる敵役――ゼノン・バスカヴィルに転生してしまった青年は、しかし、『ダンプレ2』のシナリオ通りのバッドエンドを避けるため、真っ当に生きようとするのだが……!?
定価:760円(税抜)
©LeonarD

ブレイブ文庫
嫌われ勇者を演じた俺は、
なぜかラスボスに好かれて
一緒に生活してます
著作者:らいと　イラスト:かみやまねき
1～2巻好評発売中！
ラスボス(美少女)が
(元)最強勇者と(元)最強ラスボスによる世界を救うスローライフ開幕！
勇者に惚れた!?
世界を滅ぼす魔神【デミウルゴス】との決戦の直前で、仲間たちに嫌われて一人きりになってしまった勇者アレス。実はそれは、生きて帰れないかもしれないラスボスとの戦いに仲間たちを参加させられなくなったため、あえて嫌われ者を演じて自分から離脱するように仕向けたのだ。一人でデミウルゴスと戦うことになったアレスは、その命と引き換えに平和を取り戻した……はずが、なぜか生きていて、しかも隣にはラスボスの姿が。いつの間にか彼女に惚れられたアレスは、世界を救うための生活を送り始める！
定価：760円（税抜）
©RAITO

仲が悪すぎる幼馴染が、俺が5年以上
ハマっているFPSゲームの
フレンドだった件について。
著作者:田中ドリル　イラスト:KFR
1〜2巻好評発売中！
私がゲームうまくなったら
いっしょに遊んでくれる？
FPSゲームの世界ランク一位である雨川真太郎。そんな彼と一緒にゲームをプレイしている相性バッチリな親友「2N」の正体は、顔を合わせるたびに悪口を言ってくる幼馴染の春名奈月だった。真太郎は意外な彼女の正体に驚きながらも、奈月や真太郎のケツを狙う美青年・ジル、ぶりっ子配信者・ベル子を誘ってゲームの全国大会優勝を目指す。チームの絆を深めていく中で、真太郎と奈月は少しずつ昔のように仲が良くなっていく。
定価：760円（税抜）
©Tanaka Doriru

唯一無二の最強テイマー
～国の全てのギルドで門前払いされたから、他国に行ってスローライフします～
原作：赤金武蔵　漫画：田村紘一
キャラクター原案：LLLthika
異世界還りのおっさんは終末世界で無双する
原作：羽々音色　漫画：ダンタガワ
ジャガイモ農家の村娘、剣神と謳われるまで。
原作：有郷　葉　漫画：たちまよしかづ
キャラクター原案：黒兎ゆう

雷帝と呼ばれた
最強冒険者、
魔術学院に入学して
一切の遠慮なく無双する
原作：五月蒼　漫画：こばしがわ
キャラクター原案：マニャ子
どれだけ努力しても
万年レベル0の俺は
追放された
原作：蓮池タロウ
漫画：そらモチ
モブ高生の俺でも冒険者になれば
リア充になれますか？
原作：百均　漫画：さぎやまれん　キャラクター原案：hai
COMIC
NoVA
ノヴァ
https://www.123hon.com/nova/
話題の作品
続々連載開始!!

転生貴族の異世界冒険録
～カインのやりすぎギルド日記～
原作：夜州　漫画：香本セトラ
キャラクター原案：藻
レベル1の最強賢者
原作：木塚麻弥　漫画：かん奈
キャラクター原案：水季
我輩は猫魔導師である
原作：猫神信仰研究会　漫画：三國大和
キャラクター原案：ハム

捨てられ騎士の
逆転記！
原作：和田 真尚
漫画：絢瀬あとり
キャラクター原案：オウカ
身体を
奪われたわたしと、
魔導師のパパ
原作：池中織奈　漫画：みやのより
キャラクター原案：まろ
バートレット英雄譚
原作：上谷岩清　漫画：三國大和
キャラクター原案：桧野ひなこ
コミックポルカ
COMICPOLCA
話題のコミカライズ作品を続々掲載中！
毎週金曜更新
公式サイト
https://www.123hon.com/polca/
X(Twitter)
https://twitter.com/comic_polca
コミックポルカ
検索

BRAVENOVEL
ブレイブ文庫

パラダイスシフト1
～ある意味楽園に迷い込んだようです～

2024年1月25日　初版発行

著　者　　藍敦

発行人　　山崎　篤

発行・発売　　株式会社一二三書房
〒101-0003 東京都千代田区一ツ橋2-4-3
光文恒産ビル
03-3265-1881

印刷所　　中央精版印刷株式会社

■作品の感想、ファンレターをお待ちしております。

■本書の不良・交換については、メールにてご連絡ください。
株式会社一二三書房　カスタマー担当
メールアドレス：support@hifumi.co.jp

■古書店で本書を購入されている場合はお取替えできません。

■価格はカバーに表示されています。

■本書は小説投稿サイト「小説家になろう」(https://syosetu.com/)に掲載された作品を加筆修正し書籍化したものです。

ISBN 978-4-8242-0103-4 C0193